筒井敬介おはなし本

すらすらえんぴつ

渡辺洋二 絵

小峰書店

もくじ

おねえさんといっしょ

いいな
いいな
おねえさんといっしょ
ほんと
ほんとね
たっちゃんといっしょ
ふたりで
ふたりで
なにしましょ

すらすらえんぴつ

「ねえ、おにいちゃん――おにいちゃんたら」

「うん？　なんだい？」

おにいちゃんは自分《じぶん》の机《つくえ》のところからふりむきました。

「あ、またまんがの本《ほん》、かりてきたの？」

「大《おお》きな声出《こえだ》すなよ。なんの用《よう》だい？」

「あのね、ぼく聞《き》こうと思《おも》ってたんだ」

「うん。なんでも聞《き》けよ。教《おし》えてやるからな。聞《き》くはいっときのはじ、聞《き》かぬは
――ずうっとはじ、だからな」

「ねえ、ぼくのひき出《だ》しの中《なか》へ、えんぴつ入《い》れといてくれた？」

「えんぴつ？　どんなえんぴつだい、いいえんぴつかい？」

「ううん。ぼく、ただ、入《い》れといてくれたかって聞《き》いてるんだよ」

「だから、見《み》せろよ。いいんだったら、ぼくが入《い》れといたかもしれないんだ」

「あ、あんなこといってらあ。――わあかったっと、えんぴつ入《い》れといたのはおにいちゃんじゃなあいっと」

「ちえっ、そんなら聞《き》くなよ」

おにいちゃんは、いいえんぴつだったらもらってしまおうと、思《おも》ったんですね。うまくいかなかったので、どすん、どすんとむこうへいってしまいました。

――ともかく、ほんとにおかしいのです。いつの間《ま》にか、たっちゃんのひき出《だ》しの中《なか》に、銀色《ぎんいろ》のえんぴつが二本入《ほんはい》っていたんですからね。

たっちゃんは、ゴリゴリと、えんぴつけずりでけずってみました。ぷーんと、あたらしい木《き》のにおいがします。

「よく書《か》けそうだなあ」

たっちゃんは、とってもうれしそうでした。

「いいえんぴつだなあ。だれが入《い》れといてくれたんだろう。だあれも知《し》らないんだもん。きっと神《かみ》さまかもしれないな、神《かみ》さまだったら、だれかに分《わ》けてあげなきゃいけないんだな」

そう思《おも》いました。

「二本《ほん》あるもん、一本分《ぽんわ》けてあげようっと」

そこで、たっちゃんは銀色《ぎんいろ》のエンピツを一本持《ぽんも》つと、トキ子《こ》ちゃんのうちへいきました。

「ト、キ、子《こ》、ちゃん」

たっちゃんは、大《おお》きな声《こえ》でよびました。すると、まどがあいて、トキ子《こ》ちゃんが顔《かお》を出《だ》しました。

「なあに。たっちゃん。ここへいらっしゃい」

「うん。――ぼくね、いいものもらったの。ほら、これ」

「あら、えんぴつ。いいわねえ。だれがくださったの？」

「あのね、神《かみ》さまなんだと思《おも》うんだ」

「そう、――どんな神《かみ》さま？」

「ただの神《かみ》さま」

「明神《みょうじん》さまじゃないの？」

「ううん。――そいでね、二本《ほん》あるからね、一本《ぽん》トキ子《こ》ちゃんにあげる」

「あら、うれしい、あたし、もらうの大好《だいす》き」

「ぼくだって、好《す》きだけど――あげるのも好《す》き」

「あら、そう」

「そいでね、このえんぴつ、とってもいいんだよ。すごいの。なにか書《か》こうかなって思《おも》うとね、すぐ、すらすらすらって書《か》けちゃうんだ」

「ほんと？」

「ほんとさ、けずってから書《か》いてごらん」

たっちゃんは、こうしてトキ子《こ》ちゃんに、銀色《ぎんいろ》のえんぴつを一本《ぽん》あげました。

＊

さて、それから一週間《しゅうかん》ぐらいたちました。

たっちゃんが、広告《こうこく》のビラで飛行機《ひこうき》を折《お》っているときでした。

ガラガラ、ガラア……。

「ただいま。ねえ、おねえさん。……おねえさーん」

おにいちゃんが、帰《かえ》ってきたのです。

「なあに、おにいちゃん」

「おねえさんは？」

「ギンザへいったよ」

「なあんだ、用《よう》があるときにかぎって、いないんだなあ」

「おとうさんみたいなこというもんじゃないよ。どうしたの？　運動《うんどう》ぐつにあながあいたの？」

「ちがうよ。もっとすごいこと——たっちゃんにも見《み》せてやらあな」

おにいちゃんは、なんだか大《だい》いそぎで見《み》せたいものがあるらしくって、ランドセルの中《なか》をごそごそやってましたが、一枚《まい》の紙《かみ》を出《だ》しました。

「な、これ。見《み》ろよ。たっちゃん」

「あ、テストの紙《かみ》？　こんど、なん点《てん》？」

「だからさ、ここ見《み》るんだよ」

「ふーん、1点《てん》？」

「いやんなっちゃうなあ。1に、レイが二《ふた》つついてんだよ」

「あ、レイ点《てん》、二《ふた》つ？」

「やあめたっと、もうしまうよ。1にね、レイが二《ふた》つついていると百《ひゃく》、わかった？」

「じゃ百点《ひゃくてん》？」

「そうだよ、百点《ひゃくてん》だよ。これが百点《ひゃくてん》のテスト……ちゃーんと先生《せんせい》がつけてくれたんだぜ」

「百点《ひゃくてん》て、三じゅうまるだね」

「そうさ。すごいだろう、な、全部《ぜんぶ》できちゃったんだ。ぜーんぶ」

「どうして、そんなにできちゃったの？」

「それがさ――話《はな》せば長《なが》い物語《ものがたり》」

「だめだよ。そんなこというから、まんが見《み》ちゃいけないっていわれるんだよ」

「じゃ、ちゃんと話《はな》すね。――いいかい。これさ、これ」

そういって、おにいちゃんが出《だ》したのを見《み》て、たっちゃんは、「あっ」と思《おも》いました。

それは、いつかたっちゃんがトキ子《こ》ちゃんにあげた、銀色《ぎんいろ》のえんぴつだったからです。

「このえんぴつさ、ヨシオくんがくれたんだ」

「ヨシオくんて、トキ子《こ》ちゃんのおにいさんでしょ」

「うん、そうだよ。――このえんぴつを使《つか》えば、ちょっとぐらい勉強《べんきょう》しなくてもテスト百点《ひゃくてん》だっていってね、ぼくにくれたのさ」

「へええ、じゃ、トキ子《こ》ちゃんからもらったんだね」

「なにを……このえんぴつかい？」

「ううん、いいんだよ――そいで、そのえんぴつでテスト書《か》いたら、ほんとうに百点《ひゃくてん》だったの？」

「うん、そうなんだ。――これ、このとおり証拠《しょうこ》はレキゼン」

おにいちゃんは、えんぴつのせいで百点《ひゃくてん》とったのに、すごくいばるのでした。

そして、たっちゃんは、

「やっぱり、神《かみ》さまがくださったえんぴつかな――でも、勉強《べんきょう》しなくても百点《ひゃくてん》のとれるえんぴつなんて……ほんとに神《かみ》さまがくださるかな」

そう思《おも》いましたよ。

おつかいさん

「よう、たっちゃん。のせておくれよう。……ちょっとでいいからさ」

「いやだーい。おにいちゃんいってたじゃないか。もうすぐ自転車《じてんしゃ》買《か》ってもらうから、こんなぼろ三輪車《さんりんしゃ》いらないよって」

「だけど、今《いま》、ちょっとのりたいんだよ。な、いいだろう」

「いやだーい」

「ふたりともうるさいわよ。道《みち》のまん中《なか》で」

たっちゃんとおにいちゃんとおねえさんは、お店屋《みせや》さんのある通《とお》りへおりていく坂道《さかみち》を歩《ある》いているところでした。

おにいちゃんはたっちゃんの三輪車《さんりんしゃ》を、どうしてもかせというのです。

おねえさんは、大《おお》きな買物《かいもの》かごを二《ふた》つ持《も》って、これから、八百屋《やおや》さんや、お魚《さかな》屋《や》さんへおつかいにいくところです。

「どうしても、だめかい、たっちゃん」

「うん、だめ」

「ちえっ。おぼえてろ」

「おにいちゃん、なんです?」

そこで三人《にん》は、だまったまましばらく歩《ある》いていきました。すると、

「あ、おねえさん、上見《うえみ》てごらん」

「……あぁら、きれいな葉桜《はざくら》ね」

「ちがうよ。ほうら、おっこった、毛虫《けむし》が」

「きゃあ!」

毛虫《けむし》なんて、うそでした。おにいちゃんは、わざとそんなことをいったのでしたよ。

歩《ある》いて、歩《ある》いて、……たっちゃんは三輪車《さんりんしゃ》をこいで。……みんなは、八百屋《やおや》さんの前《まえ》へつきました。

「へい、いらっしゃい。何《なに》あげます？」

「ええと、おネギと、ホウレン草《そう》と――」

「きょうはホウレン草《そう》少《すこ》し高《たか》いよ」

「ええ、いいわ。それから、それなあに？」

「これかい、メキャベツだよ」

「あ、それ、それ。それから……と。おじゃがを少《すこ》しもらおうかしら」

――八百屋《やおや》のおじさんは、くるくるっとねじりはちまき。

こんなにあったかいのに、大《おお》きな毛糸《けいと》のはらまきをしていますよ。

たちまちのうちに、おねえさんの買物《かいもの》かごの一《ひと》つがいっぱいになりました。

「たっちゃん、ほんとにおうちまではこんでくれるの？」

おねえさんはとってもおもいかごをもらうと、さっきのやくそくを思《おも》い出《だ》したのでした。

それは、おもいほうの買物《かいもの》かごを、たっちゃんが先《さき》に三輪車《さんりんしゃ》へのっけて帰《かえ》る、ということでした。

「うん、ぼくはこぶよ。おねえさんはこれから、お魚屋《さかなや》さんへよって帰《かえ》るでしよ？　ぼくのほうがずっと早《はや》く帰《かえ》っているもん」

そういって、たっちゃんは、おもいかごをうけとりました。

「たのむわよ。たっちゃん」

おねえさんは、とっとことっとこ、むこうへいってしまいました。

「いってらっしゃーい」

たっちゃんは、おもいかごをよいしょと持《も》ちあげて、

「おにいちゃん。おもいから三輪車《さんりんしゃ》持《も》ってきてくれよ」

――ところが、返事《へんじ》がないのです。

おや、と思《おも》って、三輪車《さんりんしゃ》をおいといた横丁《よこちょう》を見《み》ると、

「あっ」

三輪車《さんりんしゃ》もおにいちゃんも、すっかり消《き》えてしまっているのでした。

「おにいちゃーん」

……どこからも返事《へんじ》がありません。もちろん、三輪車《さんりんしゃ》も出《で》てきません。

なんてわるいおにいちゃんなんでしょう。さっきのせてくれっていったのにのせなかったので、だまってそうっと、どこかへのっていってしまったのにちがいありません。

でも、たっちゃんはけっして泣《な》きません。

「どうしようかな」と考《かんが》えました。

するとむくむくむくっと、たっちゃんは強《つよ》くなりました。

「ようし。三輪車《さんりんしゃ》なんかなくったってかまうもんか。持《も》ってってっちゃえ。おうちまで手《て》で持《も》ってってっちゃえ」

たっちゃんは、すごいことを考《かんが》えました。

「えいっ」とばかり、おもいかごを持《も》ち上《あ》げました。

指《ゆび》にぎゅうっとかごの手《て》がくいこんで、しびれそうでした。

それでもたっちゃんは、ひと足《あし》、ひと足《あし》……えいしょ、こらしょ……えいしょ、こらしょ……。

なんべんたっちゃんは買物《かいもの》かごを下《した》へおいて休《やす》んだことでしょうか。……それでもたっちゃんは、がんばりました。

いよいよ坂道《さかみち》です。

「……おつかいさん、おつかいさん、えっさか、さかみち。おつかいさん――と。あついなあ。あせが出《で》ちゃわあ……ようし、がんばるぞ」

さすがのたっちゃんも、坂道《さかみち》のまん中《なか》くらいで、くたくたになりました。

でもね――「たっちゃん、しっかり。強《つよ》いよ、たっちゃんは」こんな声《こえ》がしました。もしかすると、見《み》えないくらい遠《とお》くにいるおばあちゃんの声《こえ》かもしれません。

強《つよ》い、強《つよ》い――たっちゃんはほんとうに強《つよ》い。おもい買物《かいもの》かごをおうちまでちゃーんとはこんだのでした。かごをにぎっていた手《て》のひらはまっかなぶちになりました。

「なあんだ。できるじゃないか。持《も》てるじゃないか。えらいだろう。三輪車《さんりんしゃ》なんかなくったって持《も》てたろう」

たっちゃんは、おうちのうらぐちから入《はい》ると、とってもいばりました。

ええええ、うんといいばっていいですよ。ちゃーんと持《も》ってきたんですものね。

たっちゃんがおうちへ入《はい》るとすぐでした。……おねえさんのはな歌《うた》が、表《おもて》の道《みち》から聞《き》こえてきました。

「あ、おねえさんが帰《かえ》ってきた。——そうだ。かくれてやろう。……ええと、どこにするかな。そうだ、おふろ場《ば》だ。おふろの中《なか》にかくれていようっと」

たっちゃんは、台所《だいどころ》のとなりでせっけんのにおいの中《なか》に、ちっちゃくなってかくれました。もちろん買物《かいもの》かごも、下駄《げた》もちゃーんとかくしておいたのです。

カラカラカラ、カラ……。

「ああら、まだたっちゃんもおにいちゃんも帰《かえ》ってないんだわ。どこかでさぼってるのよ」

ひとりごとをいいながら、どしんどしんと、おねえさんが台所《だいどころ》へはいってきました。

「ふうう。おなかがすいた」

またひとりごとをいって、
コト、コトーン、ポリポリポリポリ……。

おふろ場《ば》の中《なか》でたっちゃんが、

「あ、おねえさん、何《なに》かつまみ食《ぐ》いしたな。おせんべいじゃないよ。あれはたくあんだよ」

「ええと、何《なに》かないかな――うん、そうそう」

カタリ、バリバリバリ、バリ。

おふろ場《ば》の中《なか》でたっちゃんが、

「あ、こんどこそおせんべい食《た》べてらあ。ずるいなあ」

たっちゃんが、「わっ」ととび出《だ》して、おどかしてやろうと思《おも》ったときでした。

きいっ、きいっという、あぶらのきれた三輪車《さんりんしゃ》の音《おと》がします。

「おにいちゃんだな」

そうです。おにいちゃんが帰《かえ》ってきたのです。そして、ガラ、ガラ……いやにゆっくり台所《だいどころ》の戸《と》をあけると、

「ねえ……ねええ――」

「なによ。今《いま》までどこにいたの？」

「たっちゃん、帰《かえ》ってきた？」

「たっちゃん？　まだよ。――あら、いっしょじゃなかったの？」

すると、おにいちゃんはいきなり、おんおん泣《な》きはじめました。

「……たっちゃんがいなくなっちゃった。おーん、おん……たっちゃんがいないんだ。……どうしよう。ねえ、どうしよう、おねえさん」

「え？　いないって、どうしたの？」

「八百屋《やおや》の前《まえ》でさ、……ぼく、わるかったんだ。三輪車《さんりんしゃ》とっちまって、ぐるぐる

まわってきたら……たっちゃんがいなくなっちゃった。……ねえ、どうしよう」

「まあ。さあ、たいへん。自動車《じどうしゃ》にひかれたのかな。人《ひと》さらいにさらわれたのかな」

「おおん、おん、おん、おん……」

ああ、おにいちゃんの目《め》からは、みつ豆《まめ》の豆《まめ》みたいななみだがころんころんおちてきます。

「ぼく……たっちゃんさがしてくる……ぼく、すぐいってくる……」

そういって、おにいちゃんが、もう三輪車《さんりんしゃ》なんかやめて、かけ足《あし》でまた外《そと》へ出《で》ようとしたときでした。

こんどはおふろ場《ば》から、

「ええん、えん、えん、えん……」

たっちゃんが泣《な》きながら出《で》てきました。

「ぼく……ぼく、ここにいるよ、おにいちゃん。ええん、えん、えん」

さあ、どうしてたっちゃんは泣《な》いたのでしょうね。

……あんないじわるなことをするおにいちゃんも、ほんとうはたっちゃんのことをいつも考《かんが》えているのです。たっちゃんはそれがわかったので、なんだか知《し》らないが泣《な》いてしまったんですね。

おねえさんは、おせんべを口《くち》に入《い》れたまんま、こまってしまいましたよ。

いいものあげる

「あ、なんだろ、きれいだなあ」

たっちゃんは、縁側《えんがわ》の下《した》で、とってもいいものを見《み》つけました。

「ぼく、もうらったたっと。……いいなあ。まるでキャラメルみたいな色《いろ》をしてらあ……まわりが少《すこ》しすきとおってるよ。お日《ひ》さま見《み》ると、ちょっぴり茶色《ちゃいろ》に見《み》えらあ……あ、うしろにこんなのがくっついてるから、ボタンだ。うわあ、キャラメル色《いろ》のボタンだ」

たっちゃんは、キャラメル色《いろ》のボタンをとっても大切《たいせつ》そうに、ひろいました。

ぎゅっとにぎってみました。手《て》にあせがついているのと、ボタンがすべすべな

ので、すごくつるつるしました。

「だれかに見《み》せてあげよう。……おにいちゃんにしようかな。――でも、すぐ、くれくれっていうからいやだな」

そこで、たっちゃんは、トキ子《こ》ちゃんのうちへ行《い》きました。トキ子《こ》ちゃんのうちの庭《にわ》には、トマトのはっぱが、水《みず》ちょうだいなっていうふうに、だらんとなっていました。

「トキ子《こ》ちゃん」

「なあに、たっちゃん」

「あとで?」

「ううん、いいのよ。今《いま》でもいいわ。なんのご用《よう》?」

「とっても、いいもの見《み》せてあげようか」

「見《み》るだけ?」

「そうさ」

「じゃ、見《み》せて」

「ほら」

「ああら……すごいわね、ボタン？」

「うん……持《も》ってないだろ？」

「そんなこというもんじゃないわ。ちゃんと見《み》せてよ」

「持《も》たしてあげるの？」

「ようく、見《み》せてよ」

「あげないよ」

「いいわよ、そんなら」

「見《み》せるよ。ほら、ね」

「ガラスかしら」

「かたいビニールかな」

「そう……いいわねえ、にあう？」

そういって、トキ子《こ》ちゃんは、黄《き》色《いろ》いワンピースのおへそのところに、キャラメル色《いろ》のボタンをくっつけてみました。

「にあうけど――だめだよ」

「あら、どうしてだめ？」

「ぼくんだもん」

そのとき、茶《ちゃ》の間《ま》のほうから、トキ子《こ》ちゃんのおかあさんの声《こえ》が聞《き》こえました。

「トキ子《こ》ちゃん、早《はや》くしないとおいてきぼりよ」

「はーい。今《いま》すぐ」

「どこへいくの？」

「あのね。海《うみ》のそばのしんせきへいくの。ふたつねて帰《かえ》ってくるの」

「いいなあ」

「いいでしょ。――でも、このボタンもいいわ」

「おかあさんよんでるよ」

「いいのよ。まだ。……ほら、ここんとこ、ヒマワリの花《はな》のまん中《なか》んとこみたいな色《いろ》ね」

「だけど……よんでるよ、おかあさんが」

「いいわよ。これ、きっと女《おんな》の人《ひと》のボタンね」

「――そうかな。だけど、ぼく、いいんだよ」

　トキ子《こ》ちゃんは、なかなかボタンをかえしてくれないのです。たっちゃんはもじもじしているうちに、二、三日前《にちまえ》、トキ子《こ》ちゃんから、ジイジイゼミを一ぴきもらったことを思《おも》い出《だ》しました。

「あの、ジイジイゼミ、おにいちゃんがにがしちゃったんだ。だけど、うれしかったな」

そこで、いいことを思《おも》いつきました。

「ねえ、トキ子《こ》ちゃん、ボタンかえして」

「あら、もうかえすの？　けちね」

「ちがうよ。早《はや》くぼくにかしてごらん」

「いいわ、そいじゃ」

たっちゃんは、トキ子《こ》ちゃんからキャラメル色《いろ》のボタンをかえしてもらうと、ぎゅうっとにぎってから——、

「いいものあげるっと、手《て》を出《だ》してごらん」

「え？　ほんとう。くれるの？」

「ぼく、うそつかないもん」

「まあぁ、たっちゃん、今《いま》にえらい人《ひと》になるわ」

「いいよ。ならなくたって」

「どうもありがとう」

たっちゃんは、ジイジイゼミのお礼《れい》に、キャラメル色《いろ》のボタンをあげたのでした。

それから、たっちゃんは、トキ子《こ》ちゃんたちみんなが、海《うみ》へ行《い》くのを見《み》おくって、うちへ帰《かえ》ってきました。

「ただいま。おねえさん」

「たっちゃんおりこうさんね。ちゃんと帽子《ぼうし》かぶってて。……あら、うちへ入《はい》ったらぬぐのよ」

「だって、めんどくさいんだもん」

「だめよ、ほめてあげたじゃないの」

「はーい。おねえさん、何《なに》してるの？」

「とっても暑《あつ》いわ。夏《なつ》のアイロンかけってていやあね」

「ぼく、お水《みず》、シュウってしてあげようか」

「いいの、いいの、やけどしたらたいへんだから――あら？」

「あっ」

「ちょっと。ちょっと。たいへん。どこでなくしちゃったのかしら」

「その、ひとつとれたボタンでしょ」

「このブラウス、気《き》にいってるのに、着《き》られなくなっちゃったわ」

たっちゃんは、びっくりして下《した》をむきました。

だって、おねえさんがアイロンをかけている麻《あさ》のブラウスに、ボタンがひとつないのです。そのボタンが、今《いま》、たっちゃんがトキ子《こ》ちゃんにあげてきた、あのキャラメル色《いろ》のボタンなのでした。

「こまったなあ――」

「そうねえ、こまったわ。なかなか同《おな》じボタンて、買《か》いにいってもないのよ」

「どうする?」

「どうするって……さがしてね、たっちゃんも。きのう洗《あら》うときは、たしかについてたのよ」

「……そう」

「お掃除《そうじ》したとき、庭《にわ》へでもはき出《だ》しちゃったのかしら」

「……うん」

たっちゃんは、そろそろっと、おねえさんのそばからはなれて、縁側《えんがわ》へいきました。

「もう、だめだな、トキ子《こ》ちゃんにあげちゃったんだもの。そいで、トキ子《こ》ちゃん、海《うみ》へ持《も》ってっちゃったんだもの」

たっちゃんは、なんだか、かなしくなりました。

＊

さて、それから五日《いつか》たちました。

ゆうがたです。おにいちゃんがスキップをしながら入《はい》ってきました。

「たっちゃん、たっちゃん」

「なあに?」

「いいもの、あげないっと。手《て》を出《だ》してごらん」

「はい」

「ばかだなあ。いいもの、あげないって、いってるんだぜ」

「おねえさーん。おにいちゃんは、いじわるいうんです」

「おねえさーん。たっちゃんは、なんでもほしがるんでーす」

「ふたりとも、暑《あつ》いのに、いいつけ口《ぐち》はたくさんよ。なんだっていうの?」

「あのね、おにいちゃんがね――」

「おねえさん、おねえさん。いいのあげるっと、手《て》を出《だ》してごらん」

「何《なに》よ。またカマキリか何《なに》かでしょう」

「いいえ、動物《どうぶつ》ではありません」

「そんな、あそんでいるひまないのよ。ばんごはんでしょ、もうじき」

「ほんと。ほんとだったら」

「何《なに》がほんとなのよ」

「さ、手《て》を出《だ》して」

「はい――ほらね。ほんとにいいものだろ」

おにいちゃんの手《て》からおねえさんの手《て》へ、ポトンとおちたものを見《み》て、たっちやんもびっくりしました。

「あ、キャラメル色《いろ》のボタン」

「まあ――どこにあったの。よかったわ。おねえさんうれしいわ」

「おにいちゃん。どこでとってきたの？」

「とってきやしないよ。ぼく、トンボ三びきとこうかんしちゃったんだ。トキ子《こ》ちゃんと」

「まあ。どうしてトキ子《こ》ちゃんのところにあったんでしょうね」

「ぼく……あのね……ぼく」

「だまってろよ、たっちゃん。だからね、ぼくにアイスクリーム、二十円《えん》のでいいや」

「あら。だけど、もうゆうがたですものね」

「きょうのことは、あしたにのばすなって先生《せんせい》がいったよ」

「しかたない人《ひと》ね。――でも、ほんとに見《み》つかってよかったわ。これであのブラウス着《き》られるもんね」

おねえさんは、ほんとうにうれしそうでした。

おにいちゃんは、ボタンがトキ子《こ》ちゃんのところにあったのを、どうして知《し》っていたのでしょうね。

……それから、おにいちゃんは、ほんとうにアイスクリームを、たっちゃんに半分《はんぶん》わけてくれるかな。

およげおよげ

夏《なつ》でした。

「いいかい、たっちゃん。教《おし》えてやらあ。こうやってね、手《て》をのばして、ぱちゃん、ぱちゃんやるのが、バタフライ」

「ふーん。バターフライ。おいしそうな名前《なまえ》だね」

「そんなことどうでもいいよ。いいかい。見《み》てろよ」

バタン、ドスン……バタン、ドスン。バタン、ドスン。

たっちゃんとおにいちゃんは、たたみの上《うえ》でおよぎの練習《れんしゅう》です。

「それから、ふつうのひらおよぎ。いいかい。こうやって、手《て》をすうっと出《だ》して

……うん、そう、そう」

「――ぼく、やあ……めた」

「ちえっ。いくじなしだなあ。もうじき海《うみ》へいくんだろう。そんなことじゃ、いつまでたってもおよげないぞ」

「だって、ぼく……たたみの上《うえ》でやるんだもん。おなか、すりむいちゃった」

「よわいおなかだなあ。アカチンぬってやろうか」

「いやだーい。へんじゃないか。赤《あか》いおなかなんて――」

そこへおねえさんが、おサカナのついたワンピースをきて、お茶《ちゃ》の間《ま》のほうからやってきました。

「ふたりとも、何《なに》をばたばたやってたの。あのね、おばさまのうちへいくのは、あさって。いいこと。今《いま》お返事《へんじ》のハガキがきたのよ」

「うわあ。海《うみ》のすぐそばでしょ」

「そうよ。海水浴場《かいすいよくじょう》ですもの。そのかわり、たっちゃんもおにいちゃんもおやくそくしなきゃだめ」

「なあに？」

「何《なに》さ。たいがいのことなら聞《き》いちゃうぜ」

おにいちゃんとたっちゃんは、ぴーんとはりきりました。

「どうしてそういばったようなことというの、おにいちゃんは」

「はーい」

「いいこと、おにいちゃんはね、むこうのおうちへいっても、一日《にち》に一通《つう》ずつ、どんなことをしたかハガキを出《だ》すの」

「だれに？」

「だれにって、おねえさんはいっしょにいくんでしょ。だから、おとうさんとおかあさんによ」

「はーい」

おにいちゃんは、ちょっといきのぬけたようなお返事《へんじ》をしました。

「たっちゃんは？」

「たっちゃんは、毎日《まいにち》、絵日記《えにっき》をつけること」

「うわあ。たっちゃんのほうがトクだなあ」

「どうして」

「だって字《じ》なんか、書《か》かなくてもすむもん」

「いやなら、おるすばんよ」

「いいよ、ぼく、書《か》くよ。毎日《まいにち》、一枚《まい》ハガキ書《か》けばいいんだろ」

たっちゃんもおにいちゃんも、そのくらいなんでもないと思《おも》いました。だって、海《うみ》のそばのうちへ、なん日《にち》もなん日《にち》もいけるんですものね。

一《ひと》つ、二《ふた》つ、三《みっ》つねて、長《なが》い長《なが》い電車《でんしゃ》にのって、それから、がたがたゆれるバスにのって――。

＊

さあ、たっちゃんとおにいちゃんとおねえさんは、海《うみ》のそばのうちへつきましたよ。

おねえさんは、おばさまのお手伝《てつだ》いをしなければならないので、海《うみ》へは、たっちゃんとおにいちゃんとふたりきりでいくことになりました。

ふたりとも水着《みずぎ》をきて、たっちゃんはバケツとシャベルを持《も》っていきました。

ざぶーん……ざざざざざ……。

ざぶーん……ざざざざざ……。

たっちゃんはおよげないので、砂《すな》のところであなをほっています。

すると、ふしぎなことがおこりました。

おにいちゃんのことです。

「おにいちゃん。海《うみ》へ入《はい》らないの？」

「今《いま》、入《はい》るよ。そういそがすなよ」

たっちゃんが見《み》ていると、おにいちゃんはそんなことをいって、なかなか海《うみ》へ入《はい》りません。

そこでたっちゃんは、ひとりで下《した》をむいて砂《すな》あそびをしていると、しばらくして、

「海《うみ》の水《みず》はつめたいぞう」

ふりかえると、頭《あたま》からずぶぬれのおにいちゃんが立《た》っています。

「あ、おにいちゃん。もうおよいできたの？」

「およいできたさ。たっちゃん見《み》てなかったのかい？」

「うん」

「へええ。おしいなあ。クロールでさ、すい、すい、すい、すいっとね、あのと

びこみ台《だい》のとこまわってきたんだ。帰《かえ》りみちで、たっちゃーんて手《て》をふったんだぜ。見《み》えなかったんだなあ。おしいなあ」

そういって、おにいちゃんは、ぬれた顔《かお》をぶるんとやりました。

「あすこ、もう背《せ》が立《た》たない？」

「立《た》つもんか。ぼくの背《せ》の五倍《ばい》も六倍《ばい》もあるんだぜ」

「こんど、およぐとき、見《み》せてね」

「うん？　……ああ、見《み》せてやらあ」

ところが、どういうわけか、おにいちゃんはたっちゃんに、およぐときを教《おし》えてくれないのです。いつも、たっちゃんのうしろから、そうっといなくなるかと思《おも》うと、またうしろから、

「クロールってくたびれるなあ。ふうーっ」

なんていいながら帰《かえ》ってくるのです。

しばらくしました。

「――あ、おにいちゃん、ぼくのげた。ぼくのげたがあんなところへおよいでっちゃった」

見《み》ると、たっちゃんのぬいであったげたが、波《なみ》にさらわれて、ぷかぷか遠《とお》くへ流《なが》れはじめたのです。

「あ、――たっちゃん、かたっぽ流《なが》しちゃだめだぜ」

「うん。おにいちゃん、とってきて。早《はや》くさ」

「うん？　……めんどくさいなあ」

「そんなこといってると、もっと遠《とお》くへいっちゃうよ」

「それもそうだな。ようし。……まてよ」

「早《はや》くさ。クロールでいっちまえばすぐだろ」

「そりゃそうさ、――うん。そうだな」

ところが、おにいちゃんは、海《うみ》へざんぶととびこむどころか——おいちに、さん、し。おいちに、さん、し……。

「どうして、体操《たいそう》するの」

「こうやってから海《うみ》へ入《はい》んなきゃいけないって、先生《せんせい》がいったんだよ。おいちに、さん、し——おいちに、さん、し……」

そのうちに、あああ、とうとう、たっちゃんのげたは沖《おき》のほうへ流《なが》れていってしまいました。

「あきらめろよ。な、たっちゃん」

おにいちゃんは、ちっとも追《お》いかけずに、こういいましたよ。

＊

さて、二、三日《にち》たちました。

「おねえさん、あのね……字《じ》おしえて」

「字《じ》なんか、どこへ書《か》くの」

「絵《え》日記《にっき》へ書《か》くの」

「まあ、えらいのね、じゃ教《おし》えてあげるわ。なんて書《か》くの」

「たすけてくれって」

「たすけてくれ？　……この紙《かみ》へ書《か》いてあげるわね。……はい。あ、おにいちゃんは、ハガキ書《か》いた？」

「うん。もう書《か》いてね、出《だ》しにいくって、モチザオを持《も》っていっちゃった」

「いったい、なんて書《か》いたんでしょうね。おねえさんにも見《み》せないで」

「でもさ、きのうもおとといも、ちゃんと書《か》いてたよ」

「そうね。ちょっと感心《かんしん》だわ」

……しばらくすると、庭《にわ》へ郵便屋《ゆうびんや》さんが入《はい》ってきました。

「こりゃ、宛名人《あてなにん》がわからんらしいですなあ。かえってきましたよ」

こういって、郵便屋《ゆうびんや》さんがハガキをさし出《だ》しました。

「まあ、これ、おにいちゃんが出《だ》したハガキじゃないの。どうも、すみませんでした。――あきれたおにいちゃんね。自分《じぶん》のうちの番地《ばんち》を、まちがえて出《だ》すなんて――六丁目《ちょうめ》になってるじゃないの」

「あ、ほんとだ」

「おにいちゃんのやることって、おしまいまでちゃんとしてたことないのねえ。……あら、ずいぶん大《おお》きな字《じ》で書《か》いてあるわ」

「大《おお》きな字《じ》だと、長《なが》く書《か》かなくていいんだって」

「そんなことといってた？――なんて書《か》いてあるのかしら――まあ、ふふふ……」

「なんて書《か》いてあるの？」

そこでおねえさんが大《おお》きな声《こえ》でおにいちゃんのハガキを読《よ》みました。

「――ぼくは毎日《まいにち》、たっちゃんにおよぎを教《おし》えています。バタフライはむずかしいから、ひらおよぎを教《おし》えています」

「あ、へんだぞ。ぼくおにいちゃんと海《うみ》へ一《いっ》ぺんも入《はい》ったことないよ」

そういって、たっちゃんは、やっぱりそうだな、と思《おも》いました。

たっちゃんのきょう書《か》いた絵日記《えにっき》は、おにいちゃんが海《うみ》の中《なか》であっぷあっぷやっている絵《え》ですよ。そして、その上《うえ》へ「たすけてくれ」って字《じ》を書《か》くつもりです。

おにいちゃんがおよげっこないのを、もう、たっちゃんは、ちゃーんとわかってしまっていたんですよ。

おはようたっちゃん

きのうの夕《ゆう》がたでした。

「たっちゃん。ちょっと、ここへきて」

すこしこわいかおをして、おねえさんが、たっちゃんをよびました。

「いまそこで、ほいくえんのやまだ先生《せんせい》にあったのよ。そうしたらね、たっちゃんはこのごろ、とっても大《おお》きくなったけど、なぜか、まいあさ『おはよう』っていえなくなりましたよって」

「ぼく、いってるもん。『おはよう』のかわりに、『おす』だもん」

たっちゃんはいばりました。

「――だって、おにいちゃんだって『おす』だもんね」

「おにいちゃんは三年生《ねんせい》よ」

「ぼくだって、ほいくえん三年生《ねんせい》だよ」

ほんとです。たっちゃんは、さくらほいくえんへかよいはじめて、三年目《ねんめ》です。

でも、おねえさんは、そんなことでだまりません。

「おとうさんは、ちゃんと『おはよう』って、いつもあいさつするでしょ。わるいけど、おとうさんは十五年生《ねんせい》よ」

「うわあ、十五年生《ねんせい》？」

「おんなじかいしゃに十五年《ねん》いるんですもの。どうだ、まいったか」

これにはさすがのたっちゃんも、「まいった、まいった」と、おもいました。

けさになりました。

たっちゃんは、おきたときから、もう、

「おはよう、おはよう。けさから、おはよう」

と、口《くち》の中《なか》でいっていました。

「――いってまいりまあす」

さくらほいくえんはちかいし、それこそたっちゃんは、ほいくえん三年生《ねんせい》。ひとりでいけるのです。

うちからさかえどおりをすこしいくと、ポストが立《た》っています。たっちゃんは、このポストにおせわになっているのです。

なつやすみに、いなかのおばあちゃんにえはがきをかきました。

「お。たっちゃん。よごれたおさらなんかかいて、しつれいだぜ」

なんて、おにいちゃんは、いじわるをいいました。

でも、ポストは、ちゃーんとおばあちゃんのところへはこんでくれて、

「ひまわりのお花《はな》、よくかけたね。ごほうびに、ももをおくりますよ」

と、へんじがきました。

もっとも、えはがきのあて名《な》は、おねえさんがかいてくれたのです。

そのことをおもいだすとだまっていられません。大《おお》きなこえで、

「ポストくん。おはよう」

すると、ポストくんも、すこしびっくりしたらしくて、まるでせなかがかゆいみたいに、もずもずうごいたようでした。

たっちゃんは、たったかあるいていきました。

すると、へんてこおばさんのうちのくろねこが、みちをよこぎりました。

へんてこおばさんは、いつもさむらいの出《で》てくるテレビばっかり見《み》て、にたっとしているのです。

そして、いつかなんか、たっちゃんに、いればをぱかっとはずしてみせたので、

「あ、ほんとは、まほうつかい」

と、おもったくらいです。

たっちゃんは、そんなへんてこおばさんのくろねこに、大《おお》きなこえで、

「おはよう。せんべいどの」

なにしろ、くろねこもへんてこねこで、おせんべいをぱりぱりたべるので、

「せんべいどの」と、いうのです。

「ニャアアアア、オン」

せんべいどのはふりむいて、とてもいいこえでへんじをしました。

たっちゃんは、たったかあるいていきました。

すると、ほわっと、おいしいにおいにつつまれました。

パンやさんのまえにきたのです。

見《み》ると、いつも日《にち》よう日《び》にかいにくるメロンパンが、はこの中《なか》にぎゅう、ぎゅう。

「いつもはガラスの中《なか》ですましてるのにさ。あ、きみ、できたてかい。そうだ。できたてメロンパンくん、おはよう」

するど、ひゅーん……ぽん。

中《なか》から、メロンパンがひとつとんできて、たっちゃんのうしろへおちたのです。

「あれれれ……」

それだけでもびっくりしたたっちゃんがふりむくと、もっともっと、たいへんなことがおきていました。

たっちゃんのすぐうしろには、さっきのポストくんがあるいていたのです。

そのうしろには、くろねこせんべいどのが、かたなをさしてあるいています。

そこへ、メロンパンがくっついて、あるきはじめているのでした。

びっくりしたけど、たっちゃんはとくいです。まるで、こぶんをつれたかいぞくか、サーカスのだんちょうになったみたい。

〒
POS

「おにいちゃんに見《み》せてやりたいなあ」

そうおもったとき目《め》に入《はい》ったのは、やおやさんのまえにころがっているだんボールのはこでした。

「うわあ。かえりにもらいたいなあ」

なにしろ、だんボールのはこはべんりです。おふろにもなるし、SL《エスエル》にもなるし、ひこうきのそうじゅうしつにもなります。

なかよくしておかなければいけません。

「だんボールくん、おはよう」

すると、だんボールのはこは、うれしそうに、ぞりぞり音《おと》をたててすべってくると、メロンパンのうしろへつきました。

「いいぞ。いいぞ。ぼく、トップ」

ぎょうれつの一ばんまえを、たっちゃんがかたをふってあるいていくと、さかなやさんが、トラックからおりたところでした。

このさかなやさんには、おねえさんといっしょに、よくおつかいにくるのです。

でも、おさかなにはほねがあるので、たっちゃんはあんまりすきではありません。だから、

「ねえ、おにくやさんにいこうよう」

なんて、おねえさんのスカートをひっぱるのでした。

そのことをしっているさかなやさんは、いま、ちらっとたっちゃんのほうを見《み》ると、

「あ。この子《こ》にすかれないとおさかなをかってもらえないぞ」

とおもったらしくて、わざと大《おお》きなこえでいいました。

「や。おはよう、ぼっちゃん」

そこで、たっちゃんも、

「うん。おはよう。おさかなやさん」

すると、さかなやさんは、はいているながぐつがひとりでにうごくみたいに、とっとことやってきました。そして、だんボールのはこのうしろへついて、あるきはじめたのです。

「うわあ。おとなだって、ぼくのこぶん」

たっちゃんは、すっかりうれしくなったのですが、ところがところが……。

はっと気《き》がついたことがありました。

「――こまったぞ。このまんまほいくえんへついたら、みんな入《はい》れないや」

そうですね。やまだ先生《せんせい》に、ちゃんと「おはよう」といっても、

「そんな大《おお》きなおともだちばかりつれてきては、だめだめ」

なんて、いわれるにちがいありません。

「おい。みんな、かえれや」

ふりかえったたっちゃんは、
まるでおにいちゃんみたいに、
こしに手《て》をあてていいました。
でも、みんなはしらんかお。
そのうち、もっとこまることがおきました。
ながいへいのところに、
くるまのついたたこやきやが
とまっているのです。
たっちゃんも
おねえさんも大《だい》すきで、
よくかいにくるたこやきやです。
おじさんのすがたは見《み》えませんが、どうしても、

「おはよう、たこやきやさん」
といわなければ、とおれない気《き》もちです。
でも、そんなことをしたら、
ほかのみんなみたいに、
ぎょうれつのうしろから、
くるまがガラガラガラガラ、
音《おと》をたてていてくるに
ちがいありません。
「こまったなあ。
あともどりしようかな」
とおもったけど、
もうおそかったのです。

さっきのさかなやさんのように、むこうからこえをかけてきたからです。

「おはよう、たっちゃん。まいどありがとうございい」

いやにかわいいこえです。

よく見《み》ると、たこやきやのひさしに赤《あか》いまく。そこに、まんがのたこがいて、にっこりこっちをむいているのでした。

「たいへん、たいへん。これじゃ、あのたこもついてきちゃうぞ」

たっちゃんは、どきーんとしました。

ところが、まんがのたこは、つづけてこういうのです。

「――おひるから、たこやきをうるんでね、いま、じゅんびにいそがしいの。みんなといっしょにいけなくて、ごめんね」

ああ、たっちゃんは、ほっとしました。でも、そんなことおかまいなしに、たこは、

「――じゃ、げんきでね。さようならあ」

そういって、手《て》を――いいえ、足《あし》をふるのでした。

「うん。さようならっ」

たっちゃんのほうは、手《て》をふりました。

そして、このときです。気《き》がついたのは。

「そうだ。ぼく『おはよう』だけしかいわないもんで、みぃーんなついてきちまったんだ」

そこで、たっちゃんは、うしろをむくと、ポストくんにも、くろねこせんべいどのにも、メロンパンにも、だんボールくんにも、さかなやさんにも、

「さよならあ……さよならあ……さよならあ……さよならあ……さよならっ」

と、いいました。

すると、みんなみんな、

「さようなら」

と、こえをそろえていって、まわれ右《みぎ》。すたこらさっさとかえっていくのでした。

さあ、ひとりになったたっちゃんは、すっかりあんしんです。

やまだ先生《せんせい》のまっているさくらほいくえんへむかって、ずんずんあるきはじめました。

でもね、すこしいくと、

「あんなぎょうれつをぜんぶつれてったら、ぼくのこと、えらいおやぶんだなあって、みんなおもってくれたよ。ちょっとおしかったなあ」

とも、かんがえていたのでしたよ。

おとうさんのくるま

ミノルくんのおとうさんは、うちであんまり口《くち》をきかないんだな。やお屋《や》さんなんだけど、うちではあんまり、口《くち》をきかないんだ。

もっとも、やお屋《や》さんといっても、うちにお店《みせ》はないんだ。小型《こがた》トラックがお店《みせ》。つまり、おとうさんはトラックへやさいをのせて、ほうぼう売《う》って歩《ある》くのさ。

ところで日曜日《にちようび》の朝《あさ》のこと、ミノルくんのおかあさんは、ミノルくんの妹《いもうと》のサキちゃんをおんぶして、

「さあ、ミノルくん、いいくつをはいてよ。つれてってあげるから」

そういったとき、めずらしくおとうさんが口《くち》をきいた。

「おい、サキコをおぶって、ミノルをひっぱっていくのか。三べんものりかえするんだろ。あぶないぞ。ミノルはつれてくの、やめろ」

（うわあ。せっかくおかあさんが、おばあちゃんちへつれてってくれるっていうのに――）

ミノルくんは、なんだかエレベーターで、すうっと地下室《ちかしつ》まで下《さ》がるときみたいな気持《きも》ちになっちゃったな。

「じゃ、ミノルをどうするんですか。ひとりでるすばんは、むりよ」

「おれといっしょに、商売《しょうばい》へつれていく」

これを聞《き》いて、ミノルくんは、こんどはエスカレーターで、ずうっと上《うえ》へ上《あが》っていくみたいな、いい気持《きも》ちになっちゃった。

おとうさんのトラックにのせてもらえるんだもの。

「じゃ、ミノルくん気《き》をつけてね――ばんごはん、なんにしようかしらねえ」

「ばんめしのおかずなんか、男《おとこ》にきくもんじゃねえ。女《おんな》が胸《むね》のなかできめるもんだ」

「ならいいですよ。帰《かえ》りにカツでも買《か》ってくるわ。じゃ、いってまいります」

おかあさんがでかけてしまって——それから十分《ぷん》もたって、ミノルくんは小型《こがた》トラックを運転《うんてん》するおとうさんのとなりへすわって、出発《しゅっぱつ》した。

「気《き》をつけて、のってろよ。子《こ》どもがとびだしたりすると、急《きゅう》ブレーキかけるからな。あっちの子《こ》どもはなんともなくて、おまえがおでこにこぶつくるなんて、ばかばかしいからな、ははは」

おとうさんが運転《うんてん》しながら、こんなことをいうのをきいて、ミノルくんは、

(あれれ、おとうさん、外《そと》へ出《で》ると、わりあいおしゃべりするぞ)

と思《おも》ったりしているうちに、ついたところは、かたがわに長《なが》いまっ黒《くろ》なへいがつづいている道《みち》。

なんだか、工場《こうば》らしいな、中《なか》は。

ちょうど、通《とお》りかかったおかみさんが、

「おはよ。どうしてきのうこなかったのよ。あんたのダイコでないと、オロシになんないって、とうちゃんがいうんでまってたんだよ」

「きょうは、いいダイコだ──あるよ」

「だって、今《いま》でかけるとこだもの。今夜《こんや》は肉屋《にくや》のカツですませちゃうから、あしたにするよ。じゃ、さいなら」

おきゃくさんのほうがさいならというのに、ミノルくんのおとうさんは、いばったみたいにだまっていた。そのうえ、大根《だいこん》のことをダイコっていうのも、なんとなくいばってるみたい。

(なんだか、きゅうにえらそうになっちゃったぞ)

とミノルくんは思《おも》った。すると、ほんとだ。おとうさんは、

「ええ、やお屋《や》でございい、じゃん、じゃん、買《か》ってくださいよ、やすくまけとくよ。いらっしゃい、いらっしゃい」

そんなことは一《ひと》つもいわない。あっちこっちからでてきたおばさんたちが、よそのアパートのまどなんかへ、

「ちょっとう、やお屋《や》さんがきたよ。なにか買《か》っといてあげようか。あ、おりてくる? じゃ、まってるよ」

「やお屋《や》さんがきたよ。社長《しゃちょう》がじぶんで売《う》りにきたよ。あはは」

なんて、ほっといてもせんでんしてくれる。

「ちょっと、ちょっと、やお屋《や》さん、聞《き》きたいことがあるんだけど、うちのペスがさ」

「ペス? ああ、イヌか」

「このごろ、さんぽにつれてくと、はっぱばかりたべるけど、あんた、なにか、

おまじないしてったんじゃやない？」

「じょうだんじゃねえよ、イヌにまではっぱ食《く》ってもらいたかねえや。そいつはね、おくさん、胃酸過多《いさんかた》だ。なあ、ミノル」

「あら、あんたんとこのぼうや？　まあトビタカだねえ」

「ふん。とびきりってんだよ、なあ、ミノル」

そういわれても、ミノルくんには、なんのことやらわからない。でもイヌのことは、ミノルくんはよく知《し》ってる。だから、

「あのねえ、はっぱ食《た》べるイヌはね、あぶら食《た》べさせないと、なおるよ」

「あ、そう、よく知《し》ってるねえ」

「うちのチャパもそうなんだもん」

「へええ」

ここへ、ミノルのおとうさんが、口《くち》をいれた。

「脂肪《しぼう》はいけないんだよ、そんなイヌには。ナマリかチクワ食《く》わせるんだね。なあ、ミノル」

「うん、うちのチャパも、ナマリとチクワ食《た》べさせてなおったよ」

「だってあんた、ナマリだってやすくて五十円《えん》だよ」

「それからみりゃ、やお屋《や》もんはやすいよ。なあ、ミノル」

でもこんなことを話《はな》しかけられても、ミノルくんはへんじができない。それに、うちの中《なか》のおとうさんときたら、「なあ、ミノル」なんて、半分《はんぶん》そうだんするみたいないいかたは、ぜったいにしないからびっくりしちゃってる。

工場《こうば》のよこで、おばさんたちは、ミノルくんの頭《あたま》をなぜたり、アイスクリームを買《か》ってくれたり……どうしてかな。よくわかんないけど、とてもうれしかったな、なあミノルくん。

さて、つぎの団地《だんち》へいく道《みち》は、さっきよりとてもいい道《みち》。

びゅんびゅん走《はし》る。運転《うんてん》してても、いい気持《きも》ちらしくて、おとうさんが歌《うた》をうたった。ミノルくんは、はじめて、おとうさんの歌《うた》を聞《き》いた。だけど、その歌《うた》はとてもまねのできないほど、歌《うた》じゃないみたいな歌《うた》。

おかあさんだって、きっと、聞《き》いたことがないんじゃないかな。

さあ、団地《だんち》へついた。

でも、団地《だんち》のおばさんたちは、工場《こうば》のちかくの人《ひと》たちみたいに、しんせつじゃない。ぽつり、ぽつりと一人《ひとり》ずつ出《で》てきて、「やお屋《や》さんがきたよう」なんて、大《おお》きな声《こえ》でよんでくれたりしない。ミノルくんは、

(はずかしがりやなんだな、このへんのおくさんは)

と思《おも》った。

だけど、団地《だんち》の子《こ》どもは、ちっともはずかしがりやじゃなかったな。ミノルくんが、トラックからおりてぶらついていると、三年生《ねんせい》ぐらいの男《おとこ》の子《こ》が、おなか

をでっぱらして、よってきた。

「おい、きみ」

「え！　ぼく？」

「そうだよ、ほかにだれかいるかよ」

「見《み》てくる」

「見《み》てこなくたっていいよ。おまえ、やお屋《や》の子《こ》か」

「うん。やお屋《や》のちょーなん」

「え。あ、そうか。長男《ちょうなん》までいわなくていいんだ。おまえ、パパにいえ。トマト
なんか売《う》るなって」

「パパ？」

「やお屋《や》のちょーなんなら、パパはやお屋《や》だろ」

「あすこにいる人《ひと》？　あれ、おとうさんだよ」

「おとうさんは、パパじゃないか」

「うちは、パパじゃないんだ」

「めんどくせえなあ。ともかく、この団地《だんち》でトマトなんか売《う》るな、いいか」

「トマト、きょうはないよ」

「いつももってくるんだよ。おれ、トマト、大《だい》きらい、すげえ、きらい。ガラスひっかく音《おと》よりきらいなんだ」

三年生《ねんせい》ぐらいの男《おとこ》の子《こ》は、顔《かお》をくしゃくしゃにして、力《ちから》を入《い》れたんだな。

「じゃ、ぼく、いっとくけど……うちのおとうさん、なかなか、いうこときかないよ」

「ふーん。そういう点《てん》は、ぼくのパパも同《おな》じだなあ」

そういいながら、男《おとこ》の子《こ》は、ミノルくんののってきた小型《こがた》トラックのほうをちらりと見《み》てから、

「ぼくのパパなんか、日曜日《にちようび》にドライブにつれてくって、夏休《なつやす》みの前《まえ》からいってて、ぜんぜん実行《じっこう》しないぜ。日曜日《にちようび》になると、じぶん一人《ひとり》でゴルフへいっちまうんだものな。おまえ、パパとドライブできるなんて、ほんとはとくしてるんだぞ」

「とく？　──うん、とくした」

「そうだろ。とくしたんだから、おぼえとけよ。トマトなんかもってくるなよ」

「はーい」

と、ミノルくんはへんじをしたが、とくのついでにおぼえとけなんて、なんのことだか、ちっともわからなかった。そのうちに、

「さてと──日曜日《にちようび》のきゃくってのは、だいたいこんなとこだな」

そういって、おとうさんは店《みせ》をしまうと、ミノルくんをのせて、トラックを走《はし》らせはじめた。

こんどは少《すこ》し、ガタガタ道《みち》だな。右《みぎ》へまがったり——左《ひだり》へまがったり、まっすぐいって、ななめの道《みち》へ入《はい》ったり。

「おとうさん、うちじゃ、どうしてパパっていわないの？」

ミノルくんは聞《き》いてみたが、おとうさんは、聞《き》こえたのか聞《き》こえないのか、だまって運転《うんてん》している。

「もう、うちへかえるの？　だからだまってるの？」

「ま、なんだな。パパっていいたきゃいうんだな。いわなけりゃ、おまえがなかまはずれになるんならばだ。はははは」

ミノルくんのおとうさんは、わらったね。

そのうち、にぎやかな通《とお》りへ出《で》て、ぴたりとトラックをとめた。

「あ、食堂《しょくどう》のまえだね。ねえ、そうだね、おとうさん」

「レストランだ。そのままのってな。すぐだからな。ここは、荷物《にもつ》をおろすだけ

だ」

そういって、おとうさんだけおりていって、うしろからキャベツの七《なな》つも八《やっ》つも入《はい》ったかごとか、ジャガイモのぎっしり入《はい》ったふくろとか、ビニールに入《はい》ったモヤシを、おろしはじめたんだ。

つまんなそうにミノルくんが一人《ひとり》で運転台《うんてんだい》にいると、レストランの子《こ》らしい女《おんな》の子《こ》がちょこちょこ出《で》てきた。

「あんたミノルでしょ。おりなさいってよ。うちでカツどん食《た》べさせてあげることにしたの」

「カツどん？」

「カツどん知《し》らないの？　知《し》らなくてもいいわ。食《た》べてみればわかりますもんね。さ、おりて。よいしょ……ここへ足《あし》をのせておりるのね。よいしょの、ぽん。はい、おりこうちゃん。こっちよ。あら、そっち、おきゃくさまが入《はい》るほうよ。だから、キッチンから入《はい》るのよ。キッチンでもうそっこに、おげんかんね。おげんかんから入《はい》るんだから、あんたおきゃくさまね。わかった。おきゃくさまのつもりよね――あ、なんて名前《なまえ》だったかしら」

とまあ、よくおしゃべりする女の子《おんなのこ》なんだ。

「ミノル、ちょーなん」

「ふーん、外国人《がいこくじん》みたいね。いいわ、ミノルちゃんだったわね。うそっこに赤《あか》ちゃんはなくのよ。オギャア、オギャア、オギャアって――ころんだのね、ころんだとこやらなくていいわ、ゆるしてあげる。だからオギャア、オギャア、オギャア……」

「オギャア、オギャア、オギャア……きみねえ」

「なあに？」

「ころんでなくときは、オギャア、オギャアっていわないよ」

「じゃ、なんてなくと思《おも》ってるの？　……思《おも》ったことといってごらんなさい」

「アーン、アンアンアン――アーン、アンアンアン」

「そいでいいのよ。じゃ、おうちへ入《はい》りましょ、よしよしよし……ぼうや、よしよし……」

こんなこといわれたら、ミノルくんでなくても、くさっちまう。ミノルくんはおこった。

「ぼく、カツどん食《た》べない。食《た》べなくていい」

「あらあ、どうして車《くるま》に入《はい》っちゃうのよ」

「食《た》べたくない」

むりないよな、おこったって。赤《あか》んぼうじゃないとこを、見《み》せなけりゃ。でも、おとうさんが出《で》てきて、

「せっかくだから、いただきな」

っていうんで、しかたなく、いっしょにレストランでカツどんを食《た》べたんだ。
カツがタマゴのようなふくをきて、上《うえ》へのっかってるみたいで、おいしかった
けど、女《おんな》の子《こ》が、自分《じぶん》は食《た》べないでじいっと見《み》ているもんで、
（こんどは、一人《ひとり》でゆっくり、もう一《いっ》ぺん食《た》べたいカツどん）
そう思《おも》ったな。
さあ、それからミノルくんは、あっちとあっちとあっち、こっちとこっちとこ
っち――ほうぼうおとうさんと走《はし》って、帰《かえ》ってきたんだ。
ミノルくんは、とってもたのしかった。
なにしろ、今《いま》まで知《し》らなかったことばかりに出《で》あったんだものな。
うちにいるときとちがって、うんとよくしゃべるおとうさん。
よそのおばさんに、まるで先生《せんせい》みたいにいろんなことを聞《き》かれるおとうさん。
ミノルくんがであった男《おとこ》の子《こ》も女《おんな》の子《こ》も、とてもこの近所《きんじょ》にいるような子《こ》じゃ

なかったもんな。

(こんどの日曜日《にちようび》にも、車《くるま》でつれてってくんないかな)

そこへおかあさんが、サキコちゃんをつれて帰《かえ》ってきたんだ。そして、げんかんで、おとうさんになにか話《はな》したと思《おも》ったら、

「うふふふふ……」

と、うちの中《なか》なのに、めずらしくわらうおとうさん。

「ただいま……。へんなおとうさんね。ばんごはんにカツ買《か》ってきたのが、どうしておかしいのかしら。ねえ、ミノル」

「え？　カツ買《か》ったの？」

ミノルくんは、わらわなかったし、すごくがっかりしたな。

おかあさんには悪《わる》いけどさ。

日曜日《にちようび》はどうして、どこでもカツが多《おお》いのかな。

ながぐつ大《だい》すき

トキコちゃんのうちのとなりへ、タネコちゃんがこしてきました。

トキコちゃんのうちのまどと、タネコちゃんのうちのまどは、すぐ目《め》のまえでむきあっています。

ガラッ。

トキコちゃんがまどをあけて、タネコちゃんのうちを見《み》ます。すると、いままでタネコちゃんもやっぱりまどをあけて、こっちを見《み》ていたのね。それなのに、
バタン。

しめてしまうのよ。

「あら、つまんない。そんならいいわ」

トキコちゃんがこういって、かんがえたことは、こうなの。

ガラッ。わざと大《おお》きな音《おと》をたててまどをあけると、大《おお》きなこえで、

「雨《あめ》！」

といいました。

そのとき、ちょっと雨《あめ》がふっていたからよ。

すると、タネコちゃんがガラッ。ちょびっとまどをあけて、すこしはずかしそうだけど、でも大《おお》きなこえで、

「雨《あめ》！」

と、まねっこしました。

それをきいてトキコちゃんが、

「メダカ」

それをきいて、タネコちゃんがやっぱり「メダカ」。

（あ、しめた。しりとりしてあそべるかもね）

とおもって、トキコちゃんは、もっと大《おお》きなこえで「カメ」――するとタネコちゃんは「メダカ」――「カメ」――「メダカ」――「カメ」――「メダカ」――

「カメ」あああ、これじゃぐるぐるまわりじゃないの。

でもね、そうやっているあいだに、タネコちゃんはちらっちらっとまどからかおを出《だ》して、トキコちゃんのほうを見《み》るようになりましたよ。


さあ、それから三日《みっか》ぐらいたちました。よくふる雨《あめ》で、その日《ひ》もあさからふっていました。

そうねえ。そとへ出《で》てあそべれば、トキコちゃんとタネコちゃんもずうっと早《はや》くなかよしになれるのにね。

でも、きょうも雨《あめ》。

そこでトキコちゃんはこのあいだとおなじように、ガラアッと大《おお》きな音《おと》をたてて、ずいぶんひろくまどをあけました。すると、むこうのタネコちゃんのうちのまども、げんきよくガラッとあいて――でもすこしはにかんで、タネコちゃんがかおを出《だ》しました。

トキコちゃんは「こんにちは」っていおうとしたんですが、どうしたわけか、いきなりこのまえとおなじように、「アメ」といってしまったのです。

すると、こんどはすぐタネコちゃんは、「メダカ」とまどのむこうでいいました。

だから、トキコちゃんは「カメ」――すると、タネコちゃんは「メガネ」――

ああ、よかった。このまえみたいにメダカにぎゃくもどりしなくてね。

さあ、おもしろくなりましたよ。

「メガネ」――「ネズミ」――「ミミズク」――「クジラ」――「ラジオ」――

「オヤツ」――「ツバメ」――「メガネ」。

おや、へんだな。さっきとおなじ。でもつづけました。

「ネズミ」――「ミミズク」――「クジラ」――「ラジオ」――「オヤツ」――

「ツバメ」――「メガネ」――「ふふふ……」「あはは……」。

こうして二人《ふたり》とも大《おお》わらい。とうとうちっともはにかまなくなって、だんだんになかよくなっていきました。

さあ、雨《あめ》がすっかりはれて、とてもあたたかい日《ひ》がきました。

おとなも子《こ》どももみんな、ながぐつをぬいでおひさまにほしたのですが、そのときトキコちゃんのママはこうおもいました。

（まあ、まあ、このながぐつはいつのまにかはげちょろけだわ。一《ひと》つあたらしいのをかおうかしら）

そこで、くつやさんへトキコちゃんの手《て》をひいてでかけました。

ところが、やっぱりちょうどこの日《ひ》、タネコちゃんのパパも、タネコちゃんのながぐつを見《み》て、おなじことをかんがえたのね。

そこで、タネコちゃんの手《て》をひいてくつやさんへいってみると、ばったり。つまり、トキコちゃんにあったわけです。

「さあ、どのいろのながぐつがいいの」

と、トキコちゃんのママがトキコちゃんにききました。

「さあ、どのいろにするんだい」

と、タネコちゃんのパパはタネコちゃんにききました。

そこで二人《ふたり》はちょっとかんがえてから、まるでおなじことをいったのです。

なんといったかわかるかな。

赤《あか》っていったとおもう？　それとも白《しろ》っていったとおもう？

くろ、なんていわないとおもうでしょ。

でも、どれもあたってないわ。

トキコちゃんとタネコちゃんは、二人《ふたり》でこえをそろえて、

「赤《あか》と青《あお》」

といったのですよ。

びっくりしたのはおとなね。

「赤《あか》か青《あお》か、どっちかにきめなさい。赤《あか》と青《あお》とりょうほうぬったながぐつなんてないでしょ。ほら、見《み》てごらんなさい」

ほんとうにそうです。どこのくつやさんをさがしたってありませんね。

ところが二人《ふたり》はがんばるのです。

「ちがうんだもん。かたっぽ赤《あか》で、かたっぽ青《あお》」

「あたしもよ。かたっぽ赤《あか》で、かたっぽ青《あお》。ほら、こっちとこっち」

いいだしたら、二人《ふたり》ともききません。

そこでおとなたちはしかたなく、赤《あか》を一足《いっそく》と青《あお》を一足《いっそく》かいました。

そしてね、トキコちゃんは右足《みぎあし》に赤《あか》、左足《ひだりあし》に青《あお》。

タネコちゃんは右足《みぎあし》に青《あお》、左足《ひだりあし》に赤《あか》のながぐつをはきました。

なにしろいいお天気《てんき》なので、かいたてのながぐつはとてもよくひかるのですよ。

それも右《みぎ》と左《ひだり》といろのちがうのをはいた、おなじくらいの女《おんな》の子《こ》が、

カッポ　カッポ　カッポ

と、あるいたのです。

みんなみんなふりかえって、「ふふふ」とわらいました。中学生《ちゅうがくせい》の女《おんな》の子《こ》なんか、

「うらやましいわあ、やってみたい」

って、見《み》とれたくらいです。

そこで二人《ふたり》は、とってもいい気《き》もち。どんどんどんどんしらないところまであ

るいていって、まいごになりそうでしたよ。

そうそう、はなすのをわすれてましたけど、トキコちゃんのうちには小犬《こいぬ》がいます。

タネコちゃんのうちには小《こ》ねこがいます。

トキコちゃんが「犬《いぬ》、とってもかわいい」そういうと、タネコちゃんは「ねこ、とってもかわいい」そういいました。

そこで二人《ふたり》はそれじゃやとりかえっこしてみよう、ということになりました。

トキコちゃんのうちの小犬《こいぬ》は、夕《ゆう》がたタネコちゃんのうちへいきました。

タネコちゃんのうちの小《こ》ねこは、やっぱり夕《ゆう》がたトキコちゃんのうちへいきました。

トキコちゃんは、もう小《こ》ねこがめずらしくてたまりません。くびのまわりだの、足《あし》だのおなかをごしごしさわりました。

そこで小《こ》ねこはちっともねむくなって、目《め》がいつまでもぱっちりしていました。

タネコちゃんのほうは、もう小犬《こいぬ》がめずらしくてたまりません。耳《みみ》のうしろだの、せなかだの、はなの上《うえ》をなでたりくすぐったりしました。

そこで小犬《こいぬ》もちっともねむくなって、目《め》がいつまでもぱっちりしてしまいました。

しょうがないのでトキコちゃんは、小《こ》ねこにこんなうたをうたってねかしつけました。

ねんねしないと
ワニが　きて
あぐ　あぐ　あぐって

たべちゃうわ
こわいわよ
早《はや》く　ねなさい　ねんねして

ちょうどこのとき、となりのタネコちゃんのうちでは、タネコちゃんが小犬《こいぬ》に
やっぱり子《こ》もりうたをうたっていました。

ねんねしないと
クマが　きて
ペロ　ペロ　ペロって
なめちゃうよ
たいへんよ

早《はや》く　ねなさい　ねんねして

ともかくこうして、おとなりどうしでとりかえっこした小犬《こいぬ》と小《こ》ねこは、そのばんよくねたはずでした。

でも、ずうっととりかえっこしたまんま、というわけにはいきませんね。

あさになると、二人《ふたり》はりょうほうのうちから、小《こ》ねこと小犬《こいぬ》をだいて出《で》てきました。そして、おにわのさかいめから、

「はい。とってもかわいかったわ、この犬《いぬ》」

そういって、タネコちゃんがかりた小犬《こいぬ》をトキコちゃんにかえしました。

「はい、このねこも、とってもかわいかったわ。ありがと」

そういってトキコちゃんは、かりた小《こ》ねこをタネコちゃんにかえしました。

このとき、ねこと犬《いぬ》でもちっともけんかしませんでしたよ。

「よしよしよし、よそのおうちはどうだった？　おもしろかった？」

ベランダのほうへ、タネコちゃんが小《こ》ねこをだいてかえりかけたときです。

「ワン」

（――あら、おかしい。でもまさか、そんなことないわ）

そうおもって、またあるきだすと、

「ワン」

――まあ、タネコちゃんの小《こ》ねこが「ワン」ってなくんですよ。

ところが、そのうしろで、小犬《こいぬ》をだいたトキコちゃんが、

「へんなの」

大《おお》きなこえを出《だ》すので、タネコちゃんがふりむきました。するとね、トキコちゃんのだいてる小犬《こいぬ》がよ、

「ニャーン」

ってひとことないたのです。

たしかにタネコちゃんにきこえたわ。

そこで二人《ふたり》はびっくりするのもわすれて「げらげら」って大《おお》わらいして、もしそこがおにわでなかったら、ころがっちゃったかもしれないの。

――でも、まあ、こんなことってあるものなのね。

いまも二人《ふたり》は、雨《あめ》の日《ひ》もお天気《てんき》の日《ひ》もなかよしよ。

コルプス先生《せんせい》とこたつねこ

こたつねこという、ねこがいます。
おなじ名《な》まえのねこは、むかしもいました。
とてもあったかいねこで、おばあさんがねるとき、足《あし》をあたためてあげたりしました。
ところが、いまのこたつねこは、ちがいます。一ぴきですんでいて、なつでも、
「なんとなく、こたつがほしいにゃあ」
といっているようなねこです。
ところで、すこしつめたいかぜが、ふきはじめたころのこと。こたつねこは、

「なんとか、あたたかくなりたいにゃあ。うん。こういうときは、しんぶんを見《み》ると、なにかうまいことが、かいてあるかもしれにゃい」

そういいながら、もう一しゅうかんも、きたまんまになっているしんぶんを、げんかんからとってきて、がさごそかきまわしながら、

「ど、れ、に、しよう、か、な。だ、い、こ、く、さ、ま、の、いう、とおり。

――あ、このしんぶんがよさそうだ」

と、三日《みっか》まえのしんぶんをひろげて、よみはじめました。

「……ええと。なんだ、これは。あのゆうめいなコルプス先生《せんせい》が、こんどもいがくはかせになるのをことわる。これによって、ほかのいがくはかせは、ばかにされたみたいだと、みんな、おこっている。

ふうん。そんなもんかにゃあ。コルプス先生《せんせい》なら、しってる。せかいで一ばんか二ばん目《め》にうでのいいおいしゃさまだからにゃあ。だけど、ぼくのうちにはお

うしんにきてくれないのだから、かんけいにゃい」

そりゃそうです。こたつねこは、はなたれが、二日《ふつか》つづいたぐらいでも、コルプス先生《せんせい》にでんわをかけます。

「おうしん、たのむ。こちら、こたつねこ、どうぞ」

「なんだと、そんなトランシーバーみたいなでんわで、すむとおもうか。それほど大《おお》きなこえででんわできるのに、なぜ、あるいてしんさつをうけにこない。わしは、もっとおもいびょうにんのおうしんで、きのうのひるめしもたべておらん」

「りょうかい。では、もっとおもくなるまでまって、でんわする。こちら、こたつねこ」

「なにをいっとる。おまえみたいななまけねこに、のますくすりはない」

ガチン。と、いつも、コルプス先生《せんせい》のほうから、でんわをきられてしまうのでした。

ところで、こたつねこは、しんぶんをよんでいくうちに、

「ははあ。これ、これ。これにかぎるにゃあ」

と、おもわずにたりとしました。

そこには、こうかいてあります。

「さむいとき、あたたかくなるやりかた。なんでもいい、ありあわせのものでいいから、おなかいっぱいたべること。このこと、うたがってはいけない」

「ようし、よし。すぐにあったかくなるよ。ハ、ハ、ハークショイ。こら、くしゃみ。いますぐあったまるからまってろ」

と、こたつねこは、出《で》たくしゃみをすいこみながら、だいどころまでのっそりあるいていきました。

なにしろ、そうじなんかしてないから、ほこりだらけです。ごきぶりなんかも

あきれて、ひっこしていってしまっただいどころで、れいぞうこをあけました。

「ひゃあ、さむい。れいぞうこをあけると、さむいにゃあ。ええと、ありあわせはなにかな。ある、ある。やっぱり、まえからなんでもとっとくもんだ。見《み》れば見《み》るほど、たくさんあるからにゃあ」

なあに、たべのこしを、めんどくさいからほうりこんでおいただけです。

ともかく、こたつねこは、てあたりしだい——イギリスパンに、ペッパーチーズに、うさぎハム。ポテトフライに、いもようかん。くじらカツに、フィッシュぎょうざを、たっぷり、よくかまないでたべました。やがて、

「しめた。ぽかぽかしてきたぞ。やっぱり、しんぶんには、ほんとのことがかいてあるにゃあ」

そのとおりです。そして、こたつねこは、ひなたのベランダへ出《で》ると、

「ごろにゃあああああ」

とのびて、ねころがってしまいました。

そのうち、夕《ゆう》がたになって、つめたいかぜがふきはじめると、

「さむいにゃあ。さむいときには、それ、だいどころへいけばいい」

のっそり、れいぞうこのところへいって、――イギリスパンに、ペッパーチーズに、うさぎハム。ポテトフライに、いもようかん。くじらカツに、フィッシュぎょうざを、たっぷりたべました。

こんどは、くびを右左《みぎひだり》にかたむけながら、よくかんでたべました。

それから、ゆっくり、八じょうのへやにかえると、三年《ねん》まえからしきっぱなしのふとんの上《うえ》で、

「ごろにゃあああ」

とのびて、そのまんまねてしまうのです。

そのうち、よなかになって、またまたさむいような気《き》がすると、のっそりとれ

いぞうこまであるいていって、

――フィッシュぎょうざに、くじらカツ。いもようかんに、ポテトフライ。うさぎハムに、ペッパーチーズ。そして、イギリスパン。

いねむりしながら、かんだりかまなかったりで、ぐいぐいっとのみこみます。

それからあさまで、

「ごろにゃあああああ」

のびのびとねむるのでした。

ともかく、こんなふうに、はじめた日《ひ》から十日《とおか》ばかり、おなじものをおなじように、おなかいっぱいたべていたので、

「おなかはちっともおかしくならないが、あたまのほうがすこししんぱい」

気《き》がついて、こたつねこは、いつもとちがって、あさ早《はや》く目《め》をさましました。

でも、しゅうかんとはおそろしいものです。ふらふらっとだいどころまである

きかけると、

「にゃんだ、けさは。おなかの下《した》がとくべつつめたいにゃあ。おねしょしたかな。でも、だれも見《み》てないからへいき」

とはいうものの、ひやりひやりとするおなかの下《した》です。たちどまって、こたつねこは、やっこらしょとあぐらをかくと、じぶんのおなかをしらべるのでした。

見《み》れば、えらいこと。

なにしろ、おなかにはえていた毛《け》が、一本《ぽん》のこらずすりきれてしまったのです。

さすがにあわてました。

「どうしたんだ、こりゃあ。まるで、じぶんのおなかを見《み》ているみたいじゃにゃい。はげあたまというのはしってるが、はげおなかははじめてだ。ぴりぴりもする。こんなものすごいびょうきになったのは、生《う》まれてはじめて。

すると、せかい一《いち》のコルプス先生《せんせい》でなければ、これはなおせないだろうにゃあ」

でも、でんわをかけても、このくらいのことで、コルプス先生《せんせい》はおうしんをしてくれないのは、

「わかってる、わかってる。しかたにゃい、でかけるか」

と、けっしんしました。ところが、おもてへ出《で》てあるきだしたものの、

「ひえぇ。あんまりだ、あんまりだ。ちきゅうがひっかく。じゃりっとひっかく。ぼくのおなかは、赤《あか》むけだあ」

おもわず、さけびました。

くびを下《した》にしてみると、たっぷりふくらんで、たるみきったおなかが、あるくたびにじめんにこすれているのです。

やっとのことで、コルプス先生《せんせい》のおたくにつきました。

しんさつしつのゆがんだドアのかげから、先生《せんせい》は、ちらりとこたつねこを見《み》て、

「いつもでんわをかけてくる、ねこだな。わざわざきたところをみると、どうやらほんもののびょうき」

とおもったので、まえからまっている犬《いぬ》のかんじゃをとびこえさせて、

「先《さき》にみてあげる。入《はい》りなさい」

といいました。

こたつねこは、なみにゆられるボートのように、しんさつしつに入《はい》っていくと、いすにのって、おなかを出《だ》しました。

コルプス先生《せんせい》は、あまりびっくりしないたちでしたが、それでも、

「いやあ、これがねこのはらというものかねえ」

と、うっかり口《くち》に出《だ》しました。

そして、

「――まるで、水《みず》まくらというべきか。この、はげちゃびんのはらはだねえ」

「先生《せんせい》。ちょうしんきをあててください。ひりつくけど、がまんします」

「なに、そんなひつようはない。つまりこのはらは、ふとりすぎのたべすぎ。いや、ちがった。たべすぎのふとりすぎ。たりないのは、うんどう」

「うんどうかいですか」

「ばかいいなさい。一日《にち》じゅうなんにもしないから、こうなるのだ。なにかしなさい」

「にゃにをするんですか」

「なんでもいい」

「にゃにかいってくださいよ」

「じぶんでかんがえにゃあ——あれ、つられてしまったわい」

といってるところへ、とつぜんとびこんできたねこがいます。

これは、やせていて、きりりとした目《め》をしています。こたつねこのように、たれ目《め》ではなくて、あがり目《め》です。

そして、コルプス先生《せんせい》のまえまでひととびして、ぴたりと立《た》つと、

「本日《ほんじつ》、ただいままでに、しょうぼうしょから、きゅうきゅう車《しゃ》は一だいも出《で》ておりません。すなわち、ねこ一ぴきもいじょうなし。ぱっ」

といって、ほんとにぱっと右手《みぎて》でけいれいしました。

コルプス先生《せんせい》もつられて、「ぱっ」といいながら、けいれいして、

「ごくろうさん。きびねこくん」

といいました。どうやらこのねこは、きびきびしているので、きびねことよばれているらしいのです。

きびねこは、すわっているこたつねこの、だめねこなんかもんだいにしないで、くるりとまわれ右《みぎ》をしました。

そして、しんさつしつから出《で》ようとしたとき、コルプス先生《せんせい》は、はっとして立《た》

ちあがったのです。

「まて、きびねこ。ちょっとしらべることがある」

そういって、つくえの上《うえ》の小《ちい》さなたなから、ふるいカルテをぞろっと出《だ》しました。

カルテというのは、ここにしんさつにきたびょうにんのことを、ぜんぶかいてあるかみのことです。

コルプス先生《せんせい》は、カルテを一まい一まい、ときどきゆびにつばきをつけて、めくっていましたが、

「あった。これがきびねこ、きみの子《こ》どものときのカルテだが、これにかいてある。

見《み》なさい。きびねこのあに。つまり、にいさんだな。きびねこのにいさんは、たれ目《め》。人《ひと》よんで、こたつねことという。ということはだな、いまここに、こうし

ているこたつねここそ――」

「えっ。それじゃあ」

きびねこは、ぶったおれるほどびっくりして、あまりのことにただぼんやりしているこたつねこを見《み》つめました。

でも、それは、ほんの五びょうか六びょう。きびねこは、キャッチャーのようにりょう手《て》で、こたつねこをしっかりとだきしめるのでした。

「にいさん、あいたかった。ああ、あなたがわたしのほんとうのにいさんだったんですねえ。ゆめにまで見《み》ていたにいさん。

ゆめの中《なか》じゃあ、もうすこしやせていたのに、どうして……ああ、にいさんのせなかまで、手《て》がまわらない」

「そ、そんなことをいったって、ひどいよ」

こたつねこのほうは、まだうすぼんやりしながらいいました。

「そんな、気《き》のぬけたことをいわないでください。はっきりと、しっかりと、おとうとよ、といってください」

「だけんど、おまえ、ほんとにぼくのおとうとかい」

するど、このありさまを見《み》るとはなしに見《み》ていたコルプス先生《せんせい》は、どなるようにいいました。

「なに。わしのところのカルテを、しんようしないのか。おまえときびねこは、子《こ》どものとき、ばらばらにもらわれていったのだ。ちゃんとカルテには、そうかいてある」

これできまりました。

ああ、なんというめぐりあわせでしょう。

いま、こたつねこは、まるで、じぶんとはんたいにきびきびはたらく、きびねことというおとうとをもったのです。

ところが、このとき、またまた、おもいがけないことがおきました。

さっきからこたつねこよりまえにまちあいしつにきていた犬《いぬ》が、ばあんととびこんできたのです。

「うおうん、おん、おん、おん」

これには、コルプス先生《せんせい》のほうがまずびっくり。

「とびらをけとばさないでくれ。ただでさえ、こわれそうなんだ。それに、うちの中《なか》で、とおぼえなんかしなさんな」

ところが、その犬《いぬ》は、

「とおぼえどころか、このなみだ」

ほろほろほろほろ。ほんとうに目《め》からみつまめぐらいのなみだが、ながれおちているのでした。

「ほんきかね、それとも、びょうきかね」

コルプス先生《せんせい》でも、見《み》ただけではわかりません。

犬《いぬ》はすぐに、

「先生《せんせい》。そりゃなさけない。これはもらいなきというものです。うおうん、おん、おん。

きびねこくんが、こんなりっぱな、おもみのあるにいさんにあえるなんて、あーあ、いいなあ。うおうん、おん、おん、うらやましいなあ」

と、またまたポタポタとなみだをおとしつづけるのでした。

さて、それから一じかんもすると、おなかにぺとぺとくすりをぬった、こたつねこのうちへ、さっきの犬《いぬ》がやってきました。

そして、

「先《さき》ほどはお見《み》ぐるしいところをお見《み》せして、もうしわけありません。ところで、こたつねこ先生《せんせい》」

「センセイだって？　おい、きみ。よせよ。いくらぼくがあたまがよくても、そりゃにゃいよ」

「まあ、まあ、きいてください。ぼくの名《な》まえはさぶわん。さぶというのは、にんげんでいえばさぶろうらしいのです」

「お。わかった。つまり、きみのにいさんに、じろわん、たろわんというのがいるのだな」

これは、たしかに、こたつねこのあたまのいいところでした。このことをきくやいなや、またまたさぶわんは、

「うおうん、おん、おん、おん」

となきだしながら、こういうのです。

「なんてまあ、なつかしい名《な》まえをいってくださる。ぼくはどうしても、なつか

しいたろわんにいさんや、じろわんにいさんにあいたいのです。

ぼくらきょうだい三びきは、子《こ》どものころ、びょうきをしなかったので、コルプス先生《せんせい》のカルテには、どこにどうしているとも、かいてないのです。

こたつねこさん、たのみますよ。どうか、さがしてください」

「え。このぼくにかい。でも、そんなこと、その、めんどくさいにゃあ」

とはいったものの、さっきコルプス先生《せんせい》のところであった、きびねこのことを、こたつねこはおもいだしました。

おとうとにだきつかれたときの、なんともいえないほんのりとしたあたたかさ。

そのじいんとしびれるようなふるえ。

「もしかしたら、きょうだいというものは、こたつなんかよりあったかいのかにゃあ」

そうおもったのです。

そのとき、かおはまるで、夕《ゆう》だちの中《なか》をはしったようにぬらした、さぶわんが、「かんがえてください。犬《いぬ》はほとんど、くさりにつながれています。おたくみたいにじゆうに、ひとりでくらせません。

くさりとか、くびわなんかをつけないで、うっかりひとりでいると、つかまってやられてしまいます。

ねえ、そこへいくと、ねこはほんとにじゆう。あっちこっちあるいていいのですからねえ。

さがしてください、ぼくのにいさんたちを。おねがい。うおうん、おん、おん」

というではありませんか。

いくらこたつねこでも、ここのところで、ものぐさねこやだめねこにはなれません。

ことわるわけにいきませんでした。

さっそく、たたみやのものおきにいるきびねこのところへそうだんにいくと、

「にいさん。それこそけんこうほうです。あるきまわれば、だぶだぶのおなかもひっこみますし、毛《け》もはえてきます。

そのうえ、みつけてやれば、さぶわんもう、なきわんとはいわれなくなるし。

やるべし、やるべし、ぱっ」

けいれいまでして、げきれいしてくれるのでした。もっとも、けいれいするのは、きびねこのくせでしたが、いまのばあい、かっこいいのでした。

そんなこんなで、このごろのこたつねこは、まいにち、まいにち、

「ああ、くたびれるにゃあ」

なんていいながらも、町《まち》から町《まち》へあるきまわって、さぶわんのにいさんたちをさがしているのですよ。

だれか、あったことがないですか。どこかでこたつねこに。
おなかはすこしへこんでも、たれ目《め》はなおらないねこなんですがねえ。

とらのかわのスカート

みどり町《まち》三丁目《ちょうめ》のたかはし医院《いいん》に、へんなかんじゃがやってきたんだ。

目玉《めだま》はぎょろぎょろ、ひろってきたようなオーバーから、す足《あし》が二本《ほん》。そして、
ぼろなぼうしをかぶっている。

たかはし先生《せんせい》は、白《しろ》い紙《かみ》をだして、

「名《な》まえは」

ときくと、

「かみ――」

と、こたえた。声《こえ》をきくと、子《こ》どものようなので、

「ただの、かみかい。へんな名《な》だね」

「かみ……なり、です」

ぼうしをとると、なるほど頭《あたま》には、つのが一本《ぽん》、オーバーをぬぐと、とらのかわのパンツだけだった。

（ぎゃっ。かみなりだ、ほんもののの）

ところが、お医者《いしゃ》さまは、どんなにおどろいても、おどろいた顔《かお》はしないもの。だから、たかはし先生《せんせい》も、いっしょうけんめいに、へいきなふりでしんさつして、

「かぜひいたな。うまいものたべて、よく、ねてりゃいい。くすりはいらん」

といって、よこをむいてしまった。

だって、かみなりの子《こ》にきくくすりなんか、おもいつかなかったもんね。

でも、かみなりの子《こ》は、もじもじして、

「ぼく、かぜひくのは、おしりからなんだ。なんとかならない？」

と、きく。

そこで、先生《せんせい》はうしろをむかせて、じろっと見《み》ると、なんてまあ、とらのかわのパンツの毛《け》がぬけていること。

はげパンツだもんね。

「それじゃ、おなかがひえるなあ」

「うん。だから、とらを一ぴきころしてきて、パンツつくってよ」

「な、なに？」

と、たかはし先生《せんせい》は、目《め》をむいた。つぎに、ものすごくおこったね。

「ぼくは、お医者《いしゃ》だぞ。お医者《いしゃ》は、ころすのがしごとじゃない。なが生《い》きをさせるのが、しごとだ。ばかなことをいうやつは、かえれ」

と、どなったんだ。

あんまり大《おお》きな声《こえ》だったので、となりから先生《せんせい》のおくさまがでてきた。そして、やさしく、

「そんな……、かわいそうだわ。あなた、いままでの、小《ちい》さくなってはけなくなったパンツはないこと。もってれば、つぎはぎして、なおしてあげるわよ」

といったから、かみなりの子《こ》は、うれしくなったなあ。

ポケットから、ふるいとらのかわのパンツを五まいもだして、

「おねがいします」

ぺこっと、おじぎをしたんだ。

それをかかえると、おくさまは、さっそく、ミシンのあるへやへはいっていったね。

さて、また、かみなりの子《こ》と二人《ふたり》っきりになったが、たかはし先生《せんせい》は、もう、すっかりなれっこになってしまって、こわくなんかない。そこで、

「きみ、パンツは、とらのかわでなけりゃいけないなんて、いくらなんでも、わがままというもんだぞ。いまごろ、そんなことでがんばってると、ばかにされるよ」

「そうかなあ」

「そうだとも。そういう子《こ》は、きっと、へんしょくにちがいない」

「へんしょくって？」

「たべものの、すききらいはないか」

「……ぼく、人間《にんげん》のおへそさえあれば、あとはなんにもいらないんです」

「へそ？　――やっぱりだ。それじゃまるで、二千年《にせんねん》もまえとおなじじゃないか。そんなすききらいをしているから、かぜをひくんだ」

「だって、空《そら》の上《うえ》って、とてもさむいんだもん」

「だから、なお、へんしょくはしないことだ」

なんて、おせっきょうをしているところへ、おくさまが、にこにこしてでてきた。

「はい、できたわよ。でもね、いたんでいるところをみんな切《き》ったら、パンツはできなかったの。スカートでがまんなさいね」

「えっ、ぼくが、スカート」

かみなりの子《こ》は、つのはぐんにゃり、すこしあおくなっちまった。だけど、そばから先生《せんせい》が、

「おお、なかなかいい毛《け》なみのスカートになったな。さあ、はやくはけ。男《おとこ》の子《こ》がスカートをはいて、おかしいなんてことはない。女《おんな》もズボンをはくじゃないか」

といったので、かみなりの子《こ》は、しゅんとしてスカートをはくと、

「ありがとうございました。たすかります」

鼻《はな》をすすりながら、そういって、外《そと》へでていったのだった。

ところが四、五日《にち》して、また、かみなりの子《こ》が、たかはし医院《いいん》へやってきたんだ。

「スカートをはいてるな。けっこう、けっこう。で、まだ、どこか悪《わる》いのかね」

「からだはいいんだけど、へんな気《き》もちなんです……雲《くも》の上《うえ》にいると、エッチな子《こ》が、下《した》からのぞくんじゃないかとおもって」

「なにい」

たかはし先生《せんせい》が、どなった。

「――男《おとこ》の子《こ》のスカートをのぞく、エッチなんかいるもんか。あんしんしなさい」

そうかなあと、かみなりの子《こ》は、首《くび》をひねった。

「しかし、元気《げんき》そうだね。すききらいは、なくしたらしいな」

「ええ、このあいだ、ここのかえりに、スーパーで買《か》ってかえったから」

「なにを」

「きゅうりのちょうせんづけです。あれをたべると、おへそよりあったまるんです」

「ふーん。そういうものかなあ。いや、けっこう、けっこう」

そこで、かみなりの子《こ》は、だまっておじぎをして、かえっていった。

というわけでね、ともかく今年《ことし》は、きみたちの頭《あたま》のてっぺんで、かみなりなんかならないよ。

なにしろ、あいては、パンツじゃなくて、スカートなんだから、頭《あたま》のてっぺんなんかに、きっこなし。そして、おへそだって、とられっこなし。

は、は、は。ほんと。

べえくん

べえくんという男《おとこ》の子《こ》がいる。

べえくんのおじいさんは、たろべえという名《な》まえ。

べえくんのパパは、「たろべえ」のたろをもらって、たろうという名《な》まえ。

べえくんが生《う》まれたときは、もう「たろべえ」のしっぽの、「べえ」しかのこっていなかった。

そこで、べえくんというすこしおかしい名《な》まえになった。だけど、べえくんは、ほら、こんなにあたまのよさそうな、いやなことはすぐにいやだという子《こ》ども。

だから、ときどきママといけんがちがうこともある。

「べえくん、いますぐ、おばあちゃまのところへおつかいにいってちょうだい」

ママがエプロンの下《した》で、ちょっとおなかをかきながら出《で》てきた。

「いますぐ」というのは、べえくんにとってこまる。

というのも、いまべえくんは、にわで、でんききかん車《しゃ》とモデルカーとのドッチングをやっているさいちゅうだからだ。

ドッキングじゃないよ。ドッチング。つまり、しょうとつごっこ。

「ぼく、きこえないよ。いまごようしているから」

「あ、そうお。じゃ、あとでね」なんていうママと、ママがちがう。おばあちゃまのところへもっていくふろしきづつみを下《さ》げて、にわへとび出《だ》してきた。

そして、じいっとべえくんのほっぺたをにらんだ。

ほんとは、目《め》をにらみたかったが、べえくんはほっぺたしかわざと見《み》せない。

「おばあちゃまのとても大《だい》すきなものを、もっていくのよ」

「そんなら、ママ、じぶんでもっていきなさい」

べえくんは、しっているんだな。ママはあんまり、おばあちゃまのアパートへいきたくないことを。なんとなく。

「まあ、べえくんて、このママの生《う》んだ子《こ》どもかしら。ちがうんじゃないかしら」

大《おお》げさなことを、いうママ。べえくんだって、ママが、ママじゃないなんていわれるのは、こまるんだよ。だからね、

「ドッチーン。大《だい》しょうとつ。やっぱりでんききかん車《しゃ》のほうがつよいや。よくわかりました。はい、それじゃ、これでごようおわりました。……なあに、ママ」

「これをね、おばあちゃまのところへ。はい」

ずしっとおもいふろしきづつみ。

「あ」

と、こえを出《だ》すべえくん。

なに、それほどおもかったわけじゃない。つまり、あのことをいま、おもい出《だ》したのさ。

あのこととは、おとといのできごと。

そのとき、おばあちゃまは、べえくんのうちへきていた。

「いまのおはぎに、もちごめなんて、どのくらい入《はい》っているのかねえ」

なんて、だいどころではなしているときが、チャンス。べえくんはちゃのまで、

「よし。いまだ！」

生《う》まれてはじめて、おばあちゃまのめがねをかけてみた。といっても、はなの上《うえ》からすべりおちそうだから、口《くち》までとんがらしてなんとかかけてみた。

だけど、こっそりかけたかいはあったな。

「うわあ。へんなせかいじゅうだぞ。おふろのガラスど。なきながら見《み》たごはんむしのゆげ」

でも、すこしちがうな。

そろりそろりとあるいてみると、ぴたり、わかった。

「そうだ。ぼくは金《きん》ぎょ。ぼくの目《め》のそとは、水《みず》とガラスだ。そのまたむこうが、ゆらゆらしているはしら。ああっ」

がつーん。金《きん》ぎょのべえくん、でめ金《きん》になったかとおもった。なにしろ、はしらにいやというほど、あたまをぶつけた。

それだけなら、まだいたいだけ。あとがわるい。

べえくんのはなからおちためがねが、たたみの上《うえ》へ。そして、べえくんの足《あし》の下《した》へ。

ぎゅううう。

ああ、えらいこと。

おばあちゃまのめがねは、ぐんにゃりとねじりドーナツのように、ひんまがってしまった。

「おばあちゃまのめがね、まほうつかいのめがねになっちゃったよう」

そうどなると、にげろにげろ。

べえくんは、たちまちすがたをかくしてしまった。

それからいままで、いっぺんもおばあちゃまのかおを見《み》ていない。

ぐあいわるいよね。それをいまさらおつかいにいけとは。

「ああああ……」

しかし、よの中《なか》では、子《こ》どもだっていやなことをしなければならないときもあるな。

べえくんは、ふろしきづつみをぶら下《さ》げて、ともかくそとへ出《で》た。

するとフ、花《はな》やのよこから、おーけすとらがあるいてきた。おーけすとらというのは十《じゅう》まん円《えん》のステレオをもっている、せんべいやのおにいさんが、かっている犬《いぬ》の名《な》まえ。

「おーけすとら、とらとらとら。おーけすとら、とらとらとら」

なんだか、がいこく人《じん》がおぼれそうになっているみたいだが、べえくんは、その犬《いぬ》をこんなふうによんだ。

おーけすとらは、しっぽをどうでもいいみたいにふって、やってきた。

「おい、きみ。ぼくのかわりにおつかいにいってくれよ」

うんとおとなぶってべえくんがいった。すると犬《いぬ》は、見《み》てないふりみたいな目《め》つきになった。

「いやか」

「いやだ」

かんたんに、まわれ右《みぎ》しそうなので、べえくんは、あわててしまったね。

「ねえ、いってくれよう。なにもじぶんでいくことないよ。ぼくがきみにたのむみたいに、きみもだれかにたのめよ」

へんなりくつになってしまったな。

だが、おーけすとらはへんだとおもわなかったらしい。

「だれかにって、そりゃいったい、だれにたのめってことだね」

「そうだなあ……ねこ——は、どうだい」

「ねこっ——。ごほっ。おことばですがね、ここらへんのねことういねこは、あっしを見《み》ただけでにげちまいますぜ。なにしろあっしは、ねこにはつよいんだからねえ」

ともかくこのばあい、おーけすとらは、うんといばってみせたい。べえくんのほうは、なんとかおつかいにやらせたい。

「よし。そんなら、だ。ぼく、さいみんじゅつをかけてやる」

「えっ。さいみんじゅつって……いったい、どんなにおいのするものでしたかね」

おーけすとらは、そのさいみんじゅつというもののにおいは、いっぺんもかいだことがない。べえくんは、たったいっぺんだけテレビで見《み》たことがある。

「さいみんじゅつとは、においのあるもんじゃないよ。かかれば、なりたいものになれるんだ。きみをねこにさせてやる。すると、ほかのねこにあっても、なんでもたのめる」

「へえええ。あっしが、ねこに。おもしれえようなもんだ。一《ひと》つやってみてくださせえ」

こうなると、べえくんはあとへひけない。

テレビで見《み》ておいてよかったな。どきょうをきめて、へんな手《て》つきではじめた。

「おーけすとら、とらとらとら……いまねこになる、ねこになる。なったなった、ねこになったったったったっ」

あ、かかった。べえくん、びっくりしちまったな。おーけすとらの目《め》は、金《きん》いろにひかると、しっぽもめがねへびみたいににょろんと立《た》つ。

「いまだ!」

べえくんは、犬《いぬ》のくびに、もっていたふろしきづつみをすぽんとかけると、ぱっ。にげてしまったんだな。

さて、ねこになったつもりのさいみんじゅつにかかったおーけすとらは、ふにやりふにゃりと、おなかにかぜが入《はい》るみたいにあるいていった。

そこへやってきたのが、これこそ本《ほん》もののねこ。このねこの名《な》まえは、まつのみどりというんだ。

まつのさんのうちのみどりさんなのだが、おーけすとらなんかは、

「おい、おまっつあん」

と、よんだ。

「はいよ。なにさ、よこ目《め》であるくとそんな目《め》になっちまうよ」

ねこというものは、気《き》だけはつよいものだな。

「ちょいとね、たのみがあるんだよ。これをね」

「おや、いきなふろしきづつみだねえ」

と、ねこはおーけすとらによってきた。いつもなら、ぜったい三メートルとはちかよらないのに、やっぱりこれは、さいみんじゅつのおかげだろうな。おーけすとらもいまはあいそがいい。

「あっしは、べえくんにおつかいをたのまれたんだが、こんどはおまえさんのばんだぜ」

「えっ。ま、なんてずうずうしいことをいうんだよ。じぶんのことは、じぶんでせよ」

「これは、じぶんのようじゃない。べえくんのようだ」

あれれ。へんなりくつだな。だが、まつのみどりは、気《き》がつかないどころか、

「あ、そう。そいで、どこへいくおつかいなの」

と、じぶんがまちがったみたいにいう。

「べえくんのおばあちゃやまのアパートさね」

これをきくと、まつのみどりはきゅうにいきおいをもりかえして、

「だめ、だめ。あすこはねこの入《はい》るすきまなしだよ。まどのちかくにといはないしね。いやあよ」

くるっと、いまきたほうへかえりかけた。

「とっとっと。ま、はなしだけでもきいとくれよ。なにもおまえさんが、じぶんでとどけなくてもいいのさ。ほかのだれかにたのむのさ」

「たとえば、ほかのだれかってだれよ」

「そうだなあ。あんたのかおなじみっていやあ、むかしからねずみだねえ」

「あたまがふるいわねえ。ねこのあいてはねずみだときめてかかるなんて、あきれた」

「そ、そりゃ、ぞうだってかばだってよかろうが、あいつらさいみんじゅつかけたら、きんじょめいわくだからな」

おーけすとらは、わざとここへさいみんじゅつをもち出《だ》したんだな。これへ、ぴたりとねこがひっかかった。

ねこは、さいみんじゅつをしらない。へんじもしないで、ねこは、おーけすとらの目《め》をみつめた。

ねこというものは、あたらしがりやなのさ。

「あ、そうか。まだしらなかったのか。さいみんじゅつってのはだな、われをわすれて、ほかのものになったつもりになったったったったった……と、なるんだ」

「よくわかんないけど、おもしろそうだね」

「つまり、あっしがおまえさんにさいみんじゅつをつかう。すると、おまえさんは、ねずみになったつもりになっちまって、すいすいとねずみのそばへいける」

「うんまあ。ねずみのほうもにげないってわけかい。でもさあ、もし、ほかのものになれるってのなら、くじゃくとか、とらとか、ひょうとか、いっそきれいなものに――」

「おっと、このばあいは、ねずみにかぎるんだよ。べえくんのおばあちゃまのへやへ、いきなりとらなんか出《で》てみなよ。どうなるね。それに、アパートの三がいまでは、ねずみでなきゃな」

犬《いぬ》のおーけすとらは、まつのみどりのかおいろをうかがいながら、早《はや》いことやってしまおうとおもった。

「いいかい。おまっつあん。いま、ねずみになるよ、なるなるねずみ、ねずみのちゅうちゅうちゅう。なったなった、ねずみになったたったたったたった……」

これでねこに、ねずみになったつもりのさいみんじゅつがかかってしまった。そのしょうこに、まつのみどりは、ふた足《あし》、み足《あし》、小《こ》ばしりにあるいては、きょとんとした目《め》つきで、きろっきろっと、あっちこっちを見《み》る。はなのあたまにしわをよせる。

もう、たしかにねずみのつもり。

「それみろ。ほかのものになるってのは、げきをやってるみたいで、いい気《き》もちだろ。ほいよ。たのんだよ」

ぽいと、ふろしきづつみをわたした。

「あらあ。ちょいとこりゃおもいよ」

ねこにはなるほどおもすぎる。

「あたしはいいとしても、ねずみにわたしたって、これじゃもてないよ」

「ふうん、なあるほど。いったい、なにが入《はい》ってるんだ」

ところが、あけてみると、なまあったかいふかしいもが三本《ぼん》だった。

ねずみにもたせるとしたら、たしかに二本《ほん》はんのおもさだけおもすぎる。

だけどねこは、赤《あか》いしたをちらっと口《くち》のよこから見《み》せて、

「かんたんじゃないの。ふたりで、おもいぶんだけ、たべちまおうよ」

「ふかしいもをかい」

「なにもいやなかおすることないよ。このはなしをもってきたのはおまえだろ」

「ま、いいさ。いいよ、たべるよ」

そういわれると、おーけすとらも、あとへはひけない。

とうとうふたりは、ふかしいもをたべはじめた。

もっとも、まつのみどりははなうたまじりで、いっぺんだって、のどへつかえ

るようなことはなかった。

犬《いぬ》にしても、ぺたりぺたりと、口《くち》の中《なか》でつぶすようにしてたべたので、どうにかたべられた。

二本目《ほんめ》のとき、おーけすとらはおもいついたように立《た》ちあがって、でぼんでぼんと、もときたほうへいきかけた。

「あら。あんた、どこへいくのよ」

「ちょっとガスをぬいてくる」

こんなことをいって、おーけすとらは、やおやのかどからにげていってしまった。

まつのみどりは、あとすこしたべてつつみを小《ちい》さくしてから、

「じゃ、いっちょいくか」

と、男《おとこ》みたいにいって、出《で》かけた。ねずみになったつもりのまつのみどりが、ち

ょろっちょろっと、しばらくいくと、そこは、ねずみだけのつかうおうだんほどう。

うんわるく、とおりかかったねずみに、

「おまち……」

ちゅううっっと、ねずみはブレーキをかけてとまった。

けれども、むかしのねずみのように、ねこだからってぺこぺこなんかしない。

「どうしてとめるんだよ。とめてもいいほうりつでもあるのかよ」

そこへかぶせるようにねこが、

「おきき。べえくんとこのおばあちゃまのアパートしってるだろ」

「しってるよ」

おもわず、ねずみはほんとうのことをいってしまった。

「いけるだろ」

「しってりゃいけるってもんだな。ふん、ぼくのこったからね。アパートの三がいや四かい、ダスターシュートはおろか、パイプの中《なか》から中《なか》へと――」

「えいごばかりつかったってえらくないよ。よし、そらっ、これもっておいき」

ひょいとほうったふろしきづつみ。ちゅうをとんでいって、

「ちゅっ。なんだこりゃ」

ねずみのくびにぱかっとはまってしまった。

「ははあ、このにおいは、ふかしいも。いまどきはやらないおつかいだよ、こりゃ」

とはいうものの、ねずみとは、どうぶつの中《なか》で、いちばんあきらめのいいものなんだな。

さっそく、べえくんのおばあちゃまのまっしかくなアパートへいくと、えんの下《した》へもぐって、それから、どこをどうとおるつもりなのか。

はたして、ふかしいもはしゅびよくべえくんのおばあちゃまにとどくかどうか。

ところで、それから十五ふんもすると、べえくんのうちのげんかんへ、かたかたたったとかけこんでくるげたの音《おと》。

おばあちゃまがとびこんできた。

「ちょっとちょっと。まあ、べえって子《こ》はほんとうにおりこうもんだねえ。あの子《こ》のいうことに、いつだってまちがいはありませんよ」

と、べえくんのママにいった。

正《しょう》じきのところ、べえくんのママは「またか」と、おもった。

おばあちゃまときたら、一日《にち》に三べんいじょう、べえくんをほめないと、いきていられないんじゃないか。でもママは、そのことを口《くち》に出《だ》せないから、

「おや、そうですか」

と、わざとおだやかにふりかえった。

「このあいだも、あたしのめがねをあんなふうに、まほうのめがねにしちゃいましたけどね。ま、きいておくれよ」

ぴたりと、おばあちゃまは、ママのよこにすわって、ねじりドーナツになっためがねを出《だ》してみせた。

もっとも、あれからめがねやへ、三百七十円出《さんびゃくななじゅうえんだ》して、なおしてもらったのだけれど。

「いま、あたしが、このめがねをかけていたらね、まほうもまほう、ふろしきづつみをしょったねずみが、ちょろっと入《はい》ってくるのが、見《み》えたんだよ」

このはなしをきいて、ママはどきっとした。

「おばあちゃま。このごろ、けつあつのほうはどうなんですか」

「えっ、けつあつはだいじょうぶですよ。ごはんも一《いち》ぜんしかいただかないしね。おや、そういえばいそいできたせいか、すこしおなかがすいたね」

いよいよママはどきどきっとした。

「べえくんに、ふかしいも三本《ぼん》ももたしてあげたのに、もう、おなかがすいたなんて、たべたものをおわすれになるようになったのかしら」

べえくんは、このはなし、ちゃーんとうしろのふすまのかげできいていたんだ。

とことこっとはしってきて、ぺたんと、おばあちゃまのひざにのると、

「よかったねえ、おばあちゃま」

と、いった。

べえくんだって、すこしずるかったけどおばあちゃまに、ふろしきづつみがぶじにいくかどうか、とてもしんぱいだったのさ。

だけど、ママはそんなことしらないから、

「べえくん。あなた、おばあちゃまにすこしあまったれすぎますよ」

と、こわい目《め》になっていったね。
わかってないんだな。

筒井商店ご案内

山下明生

昨年一月、筒井敬介先生が永眠された。

書斎に横たわる先生のお顔は、まるで微笑んでいるようにおだやかだった。ベッド脇の机には、構想中だったらしい歴史物の資料が、整然と置かれていた。大正六年生まれの八十八歳だった。

生前、先生は、「作家という職業は、定年がないからたいへんだ」と、よくおっしゃっていたそうだ。おそらく、まだまだいくつもの執筆の予定があったにちがいない。亡くなられる数週間前にも、この短編集の構成を自宅で編集者と打ち合わせ、何本かの新作を入れたいと意欲をもやしておられたそうだ。もうその新作を読むことができないのが、残念でならない。

大正生まれの筒井先生は、最後の文士と呼びたいほどの風格をたたえていた。立ち居振る舞いも執筆態度も、一本筋が通っていた。先生の話す言葉は、駄洒落や悪口さえも文学の香りがした。

初めて私が先生にお会いしたのは、昭和四十四年だった。あかね書房ではじめた幼年童話の原稿をお願いしに、三軒茶屋のお宅におじゃましたとき、ジャージ姿で現れた先生が、あまりに若々しいのに驚いた記憶がある。というのも、子どもの頃からラジオの「三太物語」や「お姉さんといっしょ」などで先生のお名前を耳にしていたので、相当なご高齢と思い込んでいたからだ。その節いただいた作品が、この巻に収録されている『べえくん』で、その後たてつづけに、『ぺろぺろん』『コロッケ町のぼく』『ちゃんめら子平次』『あかっぴょろ』などの編集を担当させていただく幸運にめぐまれた。

＊

筒井敬介先生は、東京は神田の薬種商の長男として生まれた。そう聞いたせいか、先生の作風に、ついつい下町の老舗を連想してしまう。デパートほど取りすましてはいないが、たいていの商品がそろっていて、一級品ばかりである。ちょっと頑固そうだがよく見ると目のやさしい店主が、「らっしゃい！」と出迎えてくれそうなお店——そんな印象である。

筒井商店には、児童劇やラジオ、テレビの脚本から、幼年童話、中学年童話、長編創作、小説と、あらゆる年齢層の作品がととのっている。そのジャンルも、ユーモアありナンセンスあり、軽妙なタッチの生活物から重厚な歴史小説までと縦横無尽。そのひとつひとつが、口当たりよく明快なのである。

しかし、口当たりがいいからと油断してはならない。この目のやさしい店主は、一筋縄ではいかないのだ。その理由は、筒井先生の生い立ちとも関係ありそうだ。神田生まれの先生は、六歳のときに関東大震災に遭遇し、自宅全焼という憂き目に遭う。学校は慶応義塾幼稚舎から慶応大学経済学部にすすむが、演劇に熱中するあまり二年で中退。その後、皇居を守る近衛兵《このえへい》に入隊するも、胸の病気のため除隊。東京大空襲で焼け出され、北海道開拓を志願して開墾地に渡るも終戦を迎え帰京。強盗に襲われて大怪我をしたり、ノイローゼになったり、離婚を経験したりと、波乱の連続である。そこから培われた強靭な人生観が、筒井文学の骨格となっている。

だから、筒井作品を読むときには、行間にも紙の裏側にも注意を怠ってはいけない。なにげない一行の会話にも、深い意味がかくされていることが多い。

＊

たとえば、『べえくん』である。この原稿を最初にいただいたとき、私はその見事なできばえに読む手がふるえた。犬、猫、鼠の繰り返しで運ぶ単純な幼年童話だが、その裏にかくされた嫁、姑、孫の人間関係が、別のドラマを作っている。

——べえくんは、しっているんだな。ママはあんまり、おばあちゃまのアパートへいきたくないことを。なんとなく、なんとなく。

この、なんとなく、がいい。かくし味としてのおとなのドラマが楽しめる。一粒で二度おいしい。やはり、一筋縄ではいかないのだ。こんな、子どもにもおとなにも通用する文学のスタイルを、筒井先生はどのようにして会得されたのか？　そう考えながら先生のエッセイを読み漁っていると、こんな文章に行き当たった。短編童話を書き上げるまでの、苦吟のようすである。

——頭の中をかき廻す。ひょこっと出てくるものがある。すこし考えて、捨てる。またかき廻す。次に出てくるものも駄目。そのうち頭の中の井戸の底がブラックホールほど空っけつになってしまったのが自分に分かる——（フレーベル館。『筒井敬介童話全集1』著者雑記より）

こうした命をけずるほどの推敲をへて、あの完璧な筒井童話が生まれたことを知ると、身のひきしまる思いがする。

作・筒井敬介（つつい けいすけ）
東京に生れる。本名小西理夫。慶應義塾大学在学中から劇団活動。
第二次大戦後にNHK契約作家。
文学作品は『おしくらまんじゅう』『コルプス先生汽車へのる』
『かちかち山のすぐそばで』などが『筒井敬介童話全集』（十二巻）に、
劇作は一部が『筒井敬介児童劇集』（全三巻）におさめられている。
芸術祭文部大臣奨励賞、国際アンデルセン賞優良賞、
産経児童出版文化賞大賞、巌谷小波文芸賞、紫綬褒章など受く。
二〇〇五年、永眠。

底本・初出一覧

・おねえさんといっしょ　一九六七年　理論社
　すらすらえんぴつ／おつかいさん／いいものあげる／およげおよげ
・おはようたっちゃん　一九七九年　あかね書房
・おとうさんのくるま『とらのかわのスカート』一九七七年　岩崎書店
・ながぐつ大すき『なんだろな』一九七四年　日本放送出版協会
・コルプス先生とこたつねこ　一九七九年　講談社
・とらのかわのスカート　一九七七年　岩崎書店
・べえくん　一九六九年　あかね書房

○本書では、現在、使用を控えている表記もありますが、
作品のできた時代背景を考え、原文どおりとしました。

筒井敬介おはなし本❶
すらすらえんぴつ
二〇〇六年八月八日　第一刷発行
作　筒井敬介
絵　渡辺洋二
ブックデザイン　杉浦範茂
発行者　小峰紀雄
発行所　小峰書店
郵便番号一六二－〇〇六六
東京都新宿区市谷台町四－一五
TEL〇三－三三五七－三五二一
FAX〇三－三三五七－一〇二七
組版　タイプアンドたいぽ
印刷　精興社
製本　小髙製本工業
乱丁・落丁本はお取り替えします。

NDC913　ISBN4-338-21801-0　182p.　20cm
http://www.komineshoten.co.jp/